KB072168

글삶 장편 소설

FUSION FANTASTIC STORY

세상을 다 가져라

GET ALL THE WORLD

세상을 다 가져라 6권

글삶 장편 소설

초판 1쇄 찍은 날 § 2018년 11월 22일
초판 1쇄 펴낸 날 § 2018년 11월 29일

지은이 § 글삶
펴낸이 § 서경석

총괄팀장 § 최하나
편집책임 § 최광훈
편집 § 김경민

펴낸곳 § 도서출판 청어람
등록번호 § 제387-1999-000006호
등록일자 § 1999. 5. 31
어람번호 § 제1-2977호

주소 § 경기도 부천시 부일로 483번길 40 서경B/D 3F (우) 420-822
전화 § 032-656-4452 팩스 § 032-656-4453
http://www.chungeoram.com
E-mail § chungeorambook@daum.net

ISBN 979-11-04-91878-0 04810
ISBN 979-11-04-90120-1 (세트)

CONTENTS

제58장

세상을 바꾸는 힘

[지크 사라크 프랑스 대통령, 1212테러가 미국의 자작극임을 고발하다!]

1212테러가 미국의 자작극일 거라는 추측이 없었던 것은 아니다.

1212테러에 대한 진실이라는 타이틀로 부시 행정부의 자작극을 의심하는 다큐멘터리와 영화가 제작되기도 했다. 하지만 그 모든 추측이나 소문은 음모론자들의 실체 없는 음모론으로 취급되기 일쑤였다.

그러나 지크 사라크의 말은 그 무게가 달랐다.

단지 그가 프랑스 대통령이라는 지위 때문만은 아니었다.

그가 내놓은 증거란 것은 테러를 지시하는 부시와 포터테닛의 녹취록에서부터 관련 문서들, 테러범들에게 간 자금 흐름과 관련자들의 명단, 고문으로 거짓 자백을 획책한 자료와 세부 문건들까지, 이건 도무지 빼도 박도 못할 증거들로 가득했다.

완벽한 증거를 바탕으로 한 지크 사라크의 고발에 전 세계가 술렁인 것은 말할 것도 없었다. 미국 국민들도 연일 백악관으로 몰려가 부시의 해명을 촉구했다.

하지만 그러한 요구에도 백악관은 묵묵부답이었다.

어떠한 해명도 반박도 하지 않은 채 침묵으로 일관했다.

그 침묵이 또한 스스로 죄를 인정하는 것이나 마찬가지였기에 여론은 더욱 거세게 백악관을 매질했고 결국 그 세기의 스캔들에, 실효성과 위헌 논란으로 이미 폐지되었던 특검법마저 다시 부활하려는 조짐이 보이고 있었다.

*　　　*　　　*

"우리 검찰은 성역 없는 수사를 위해, 한 치의 의혹도 남기지 않기 위해 연방항소법원의 추천을 거쳐 특별검사를 임명하기로 결정했습니다."

결국 여론을 등에 업은 검찰총장의 특검 설치가 천명되었다.

"끝났군."

뉴스를 보던 혁준이 의자에 깊숙이 몸을 묻었다.

마침내 전쟁이 끝났다.

미국을 꺾고 서열 전쟁에서 이겼다.

이제 남은 것은 부시의 종말뿐이었다.

'그러게 내가 아무것도 하지 말라고 그렇게 경고했건만……'

어쩌겠는가. 한 치 앞도 모르는 것이 인생사인 것을.

그렇다고 해도 쉽지 않은 싸움이었다.

운이 꽤나 많이 따라줬다.

처음 미키 캔터로부터 부시가 굴 하만이라는 학생을 테러범으로 몰아 기가스컴퍼니와 알카에다를 하나로 엮으려 한다는 소식을 들었을 때만 해도, 그래서 자신의 무고함을 밝히고자 푸틴에게 러시아의 정보력을 빌릴 때만 해도 일이 이렇게까지 커질 줄은 상상도 못 했다.

자국민을 향한 테러 자작극이라니?

만일 그때 푸틴의 정보력을 미리 빌려두지 않았더라면 어찌 되었을까?

그랬다면 이렇듯 확실한 증거는 분명 잡지 못했을 것이고, 속수무책으로 부시의 농간에 놀아났을 것이다.

그걸 생각하면 지금도 등허리가 서늘해질 지경이다.

아무튼 이젠 끝났다.

시간으로 보면 그렇게 긴 시간은 아니었지만 그럼에도 참으로 길고 지루하게 느껴진 전쟁의 종착은 결국 그의 승리로 막을 내렸다.

잠시 백악관에 전화라도 걸어서 부시의 속을 한 번 더 긁어줄까도 싶었지만 그만뒀다.

이미 끝난 싸움, 흥을 잃었다. 길고 지루했던 싸움을 다시 복기하는 것조차 그저 귀찮고 지겨웠다.

'어차피 부시에 대한 처분이야 미국 국민이 알아서 해줄 것이고……'

그리고 미국은 지금껏 누려온 많은 것을 잃게 될 것이다.

이젠 정말 그의 손을 떠났다.

"그럼 간만에 밀린 일이나 해볼까?"

부시와 전쟁을 치르느라 그간 회사 일에 너무 소홀했다.

그 대가로 책상 위에는 그의 결재를 기다리는 서류가 수북이 쌓여 있었다.

하지만 아직 일상으로 돌아가기에는 마음이 어수선한 모

양이다.

사업계획서며 결재 서류며 애써 펼쳐보지만 마음이 산만해서 도통 내용이 눈에 들어오지 않았다.

'그냥 며칠 가족이랑 여행이나 다녀올까?'

그러고 보니 부시 그 인간 때문에 온통 신경이 거기에 다쏠려서 주변을 제대로 돌아보지 못했다.

혹시 모를 위험에 대비해서 부모님과 수진이, 그리고 이젠결혼해서 처남 매부 사이가 된 성진호까지 철저한 경호 속에특경대의 보호를 받고 있었다.

'행동에 제약이 많았을 테니 그간 스트레스도 심했을 테고……'

그런 생각으로 펼쳐놓은 결재 서류를 덮던 혁준의 눈에 불현듯 3분기 특허 신청 목록이라는 문건이 보였다.

처음에는 각 분야별로 필요한 기술을 혁준이 직접 골랐지만 언젠가부터 기술 선별은 거의 전적으로 바보 삼형제에게맡겨두고 있었다. 바보 삼형제가 필요한 관련 기술을 요청하면 그가 일차적인 검토 후에 자료들을 프린터로 뽑아다 주는식이었는데 미국과의 전쟁이 시작된 후로는 워낙에 어수선한상황이다 보니 검토조차 안 하고 그냥 통째로 다운받아다가넘기는 경우가 태반이었다. 그래서 3분기에는 어떤 특허를신청했는지 정확한 내용은 물론이고 이름조차 기억이 잘 나지 않았다.

생각이 거기에 미치자 문득 궁금해져 그 문건을 들여다보았다.

3분기에만 특허 신청된 주요 기술은 전기, 기계, 화학, 소프트웨어, 이동통신 IT, 반도체 등 여섯 개 분야 18개의 원천 기술을 포함한 840개의 응용 기술이었다.

기술을 하나하나 살펴보던 혁준은 뭔가 이상함을 느꼈다.

그도 그럴 것이, 특허 신청 목록만 봐도 어떤 상품을 위한 것인지 대강 감이 오게 마련인데 이건 어떻게 된 게 전혀 감이 오지 않았다.

게다가.

"3D 프린터?"

목록에 적혀 있는 기술 중 상당수가 3D 프린터와 관련된 것들이었다.

더 이상한 것은 그 기술들이 지나치게 진보된 기술이라는 것이다.

지나치게 빠른 변화가 부담스럽기도 하고 조심스럽기도 해서 아주 예외적인 경우를 제외하고는 최대 10년까지를 리미트로 정했는데, 이건 어떻게 봐도 오 년, 십 년 후의 것이 아니었다.

"단번에 몇십 년 후의 기술을 내가 뽑아줬을 리는 없고……."

그렇다면 바보 삼형제가 3D 프린터 기술의 기술력을 높이기 위해 혁준이 미처 인식하지 못하게끔 야금야금 세상에 뿌려 기술력 자체를 향상시켰다고 봐야 했다.

"대체 왜? 이것들이 또 무슨 짓을 벌이려고?"

불길한 예감이 엄습했다.

그동안 큰 사고 없이 지내오긴 했지만 오히려 그래서 더 무섭다.

우스운 일이지만 부시가 전쟁을 선포했을 때보다 지금이 더 불안했다.

혁준은 그길로 바로 바보 삼형제를 찾아갔다.

＊　　　＊　　　＊

"어, 쭌이 형님?"

"여긴 어쩐 일이세요? 요즘은 통 안 오시더니."

"아, 부시 박살 낸 기념으로 축하 파티라도 하러 오신 거예요?"

그사이 자기 딴엔 멋을 낸다고 수염까지 길렀지만 멋스럽기는커녕 지저분하게만 보이는 진석과 뭘 그렇게 처먹어댔는지 피둥피둥 살이 올라 전형적인 오타쿠의 모습을 하고 있는 용운, 그리고 어느덧 7살로 훌쩍 자라 버린 성재가 어딘지 부산스럽게 호들갑을 떨어댔다.

'이것들… 역시 뭔가 있구만.'

이젠 표정만 봐도 녀석들의 속이 훤히 보이는 혁준이다.

혁준은 녀석들의 인사를 받는 둥 마는 둥 하고 집 안을 뒤졌다.

그들이 사는 집은 혁준의 집보다 크고 넓었다.

아니, 크고 넓은 정도가 아니라 이건 아예 연구단지였다. 그도 그럴 것이, 하루에도 수십, 수백 종의 특허가 태어나는 기가스컴퍼니 기술의 산실이다. 분야별 연구에 필요한 연구소며 기밀을 유지하기 위한 최첨단 보안 설비, 거기에 철통 경비에 필요한 인력과 장비들까지 이 마당 넓은 집 안에 모든 것이 갖추어져 있는 것이다.

그러다 보니 집 안을 뒤지는 것도 보통 일이 아니다.

다 둘러보는 데 두 시간은 족히 걸릴 지경이지만 혁준은 포기하지 않고 각 분야별 연구소는 물론이고 의심되는 곳을 깡그리 다 뒤졌다.

"준이 형님, 왜 그러세요?"

"무슨 일인데요? 뭘 찾으시는 거예요?"

혁준의 걸음이 빨라지고 거침없어질수록 바보 삼형제의 얼굴이 점점 더 불안과 초조로 물들었다.

그런 그들의 반응을 보자니 확신이 커지는 거야 당연했다.

그리고 한편으로 어떤 기시감도 느껴졌다.

'그러고 보니 전에도 이런 적이 있었는데…….'

저 표정, 저 태도. 그래, 그때도 그랬다. 과거로 와서 녀석들이 그 몰래 양자이동장치를 만들던 날, 그때도 그의 방문에 저렇게 호들갑을 떨며 불안해했다.

거기에까지 생각이 미친 혁준은 바로 양자이동장치가 있는 곳으로 향했다.

이 마당 넓은 집 지하 깊은 곳에 가장 크고 가장 은밀하게 세워진 건물.

이중, 삼중의 보안은 물론이고 바보 삼형제와 혁준 말고는 그런 건물이 있다는 것조차 세상에 알려지지 않은 기가스컴퍼니 최대의 비밀 장소.

"혀, 형님, 아셨어요? 알고 오신 거예요?"

아니나 다를까, 금세 제 발이 저려서 혁준의 눈치를 보기 바쁘다.

혁준은 아무 말도 하지 않았다.

그저 묵묵히 양자이동장치가 있는 지하 비밀 연구소로 걸음을 옮길 뿐. 일단 설명이든 해명이든 먼저 자신의 눈으로 확인한 다음의 일이다.

그렇게 다섯 단계의 보안을 거쳐 드디어 지하로 내려온 혁준의 눈에 높이 70m에 무려 3천 평방미터의 규모를 자랑하는

지하 연구소가 펼쳐졌다.

이곳은 단지 양자이동장치만을 보관하는 장소가 아니었다.

이런저런 미래 기술을 가져오다 보면 양자이동장치 같은, 절대로 세상에 나와서는 안 되는 미래의 물건이 만들어질 수도 있기에 그런 것을 연구하고 숨겨두기 위한 용도로 만들어진 곳이다.

'그렇다고 해도 이 정도의 규모가 과연 필요했는지는 아직도 의문이지만……'

당시 바보 삼형제가 워낙에 떼를 써대는 통에 그로서도 어쩔 수가 없었다. 그리고 그들이 그에게 해준 것을 생각하면 이 정도 사치는 부릴 수 있는 권리가 있었다.

아무튼 그렇게 지하 연구실로 내려와 혁준이 가장 먼저 본 것은 가장 오래되고 익숙한 프로토타입의 양자이동장치 ver.1이었다. 그리고 그 옆에 높이 5m, 직경 120m의 초대형 양자이동장치 ver.2도 보였다.

하지만 지금 이 순간 혁준의 시선을 잡아끈 것은 양자이동장치 ver.1도, ver.2도 아니었다. 이 넓은 지하 연구소를 거의 가득 채우다시피 하며 만들어지고 있는 어떤 물건이었다.

정확한 형체는 알 수 없었다.

워낙에 커서 한눈에 다 들어오지도 않을뿐더러 조각조각

나눠져 있었다.

하지만 그것도 잠깐이었다.

보다 보니 퍅하고 감이 왔다.

"이거 설마… 양자이동장치… 야?"

혁준의 물음에 진석이 슬금슬금 혁준의 눈치를 보며 대답했다.

"예."

"ver.3? 아니, 하나가 아닌데?"

"ver.3랑 ver.4예요."

"근데 뭐가 이렇게 커? 이걸로 뭘 하게?"

"달 기지를 만들 거예요."

"뭐?"

"전에도 말씀드렸잖아요. 달 기지 만들 거라고."

"그거야 농담… 아녔어?"

"아닌데요?"

"그게 말이 돼? 좋아, 양자이동장치로 달은 오갈 수 있다 쳐. 하지만 니들 셋이서 무슨 수로 달 기지를 만들어? 달에다가 겨우 천막이나 치고 놀려고 이런 짓을 벌이는 건 아닐 거아냐? 중력 문제에 극심한 온도차에 운식에… 그 위험은 다 어쩌고? 그런 일에 함부로 사람을 고용할 수도 없는 일이고… 아니, 잠깐. 혹시 3D 프린터 기술이 그래서 필요했던 거냐?"

"어? 어떻게 아셨어요?"

"설마 3D 프린터로 달 기지를 만들 셈이냐?"

"바로 그거죠!"

3D 프린터 기술이 발전하면 달 기지 구축도 가능하다는 기사를 과거로 오기 전에 언뜻 본 기억이 있다.

"이런 미친……. 고작 니들 놀이터 하나 만들자고 3D 프린터 기술을 수십 년이나 앞당겨? 거기서 파생되는 기술들이 어떤 영향을 미칠지 모르는데? 자칫하면 문명의 밸런스가 붕괴될 수도 있는 위험천만한 일인데?"

"충분히 그런 위험을 감수할 만한 가치가 있는 일이니까요."

"네놈들 놀이터에 무슨 그만한 가치가 있다는 거야?"

"그렇게 화부터 내지 말고 우리 말을 한번 들어보시라고요. 우리가 왜 ver.3랑 ver.4를 이렇게 크게 만들었겠어요? 그냥 달 기지만 만들 거였으면 ver.2 정도로도 충분하죠."

"……?"

"자원을 채집할 거예요. 그걸 정제하는 공장도 만들 거구요."

"자원이라면?"

"헬륨3요. 달 표면에 지천으로 깔려 있는 헬륨3. 그거 아세요? 헬륨3 1g을 핵융합시켜서 얻을 수 있는 전기에너지가 석

탄 40t에 맞먹는다는 거. 헬륨3로 에너지원을 확보하고 핵융합발전소로 에너지를 만들고 에너지 회사를 세워 세계를 상대로 장사를 한다면 어떻게 될 거 같아요?"

세상이 바뀔 것이다. 그리고 그 바뀐 세상의 왕은 혁준이 될 것이다.

"어때요? 이 정도면 자잘한 위험이야 충분히 감수할 만하죠?"

'헬륨3라고?'

무슨 공상과학영화에서나 나올 법한 이야기였다.

하지만 지금 혁준이 겪고 있는 모든 일이 공상과학영화에서나 나올 법한 것들이기에 바보 삼형제의 말은 딱히 크게 허황되지도 비현실적이지도 않았다.

녀석들의 말대로 달 표면에 지천으로 널려 있는 헬륨3를 가져와 그걸 에너지로 바꾼다면?

석유에 비해 에너지 효율이 최대 1천4백만 배나 되는 헬륨3라면 석유로 대변되는 세계 에너지의 패러다임이 바뀔 것이다.

무엇보다 구미가 당기는 것은 그렇게만 되면 미국을 꺾을 수 있다는 것이다.

지금 당장은 미국이 부시로 인해 곤란을 겪고 있다고 해도 어차피 잠깐 스쳐 지나가는 바람일 뿐이다. 그들이 가진 군사력은 여전히 건재하고, 무엇보다 미국은 세계 기축통화인 달러를 마음대로 찍어낼 수 있으니까.

미국이 세계를 지배하게 된 가장 큰 원동력이 바로 석유였다. OPEC(석유수출국기구)를 장악하고 중동의 석유 개발 및 판매를 미국이 대행해 주는 조건으로 그 대금 결제를 달러로만 하도록 유도하면서, 달러를 '석유를 살 수 있는 유일한 화폐'로 만든 것이다.

그렇게 세계 기축통화가 된 달러를 프린터로 마음껏 찍어낼 수 있는 미국이다.

석유값을 자기들 입맛에 맞게 조절할 수 있는 나라가 또한 미국이다.

그 막강한 권력 앞에 소련마저 무기력하게 무너졌다.

미국이 석유값을 내리자 매장된 석유를 팔아서 그 돈으로 소비에트연방을 유지하던 소련으로서는 버텨낼 재간이 없었던 것이다.

그런 미국이다.

냉전 시대의 오랜 숙적조차 피 한 방울 흘리지 않고 간단히 무너뜨릴 수 있는 세계의 패왕이다.

고작 이 정도 스캔들에 무너질 리 없었다.

하지만 바보 삼형제의 말대로 달의 헬륨3를 가져올 수 있다면?

그리하여 새로운 에너지로 석유를 완벽히 대체할 수 있다면?

그렇게 되면 미국이 가진 가장 강력한 무기는 순식간에 녹이 슬고 쓸모없는 오래된 구닥다리로 전락하고 말 것이다.

'그리고 다음 세대의 에너지를 독점하는 자가 다음 세대의 왕이 되는 거야 당연지사이고.'

"헬륨3는 꿈의 에너지원이에요. 에너지 효율도 효율이지만 헬륨3를 이용한 핵융합은 중성자를 방출하지 않고 양성자가 바로 튀어나오거든요. 그러니 따로 터빈을 돌릴 필요도 없고 핵융합로의 외벽을 주기적으로 교체해 줄 필요도 없죠. 반감기도 고작 12년에 불과한 청정에너지구요."

"그래서 달에 매장된 헬륨3가 어느 정도나 되는데?"

"정확하진 않아요. 전 인류가 사용할 수 있는 에너지양으로 따지면 적게는 수천 년에서 많게는 수십억 년치?"

"그렇게나 많아?"

"달이 달리 차세대 에너지의 보고로 불리는 게 아니니까요. 달에 기지를 세우면 얻을 수 있는 건 그것뿐만이 아니에요. 거긴 5천 도의 고온에서만 생성 가능한 티타늄과 지르코늄도 널려 있고 희귀 금속인 희토류도 있죠. 금과 백금, 엄청난 양의 다이아몬드도 물론 잔뜩 묻혀 있구요. 거기다 달에는 대기가 없기 때문에 엄청난 양의 태양풍을 직접 쓸 수도 있어요. 태양열 집광판을 이용한 반사 형식의 마이크로파 송출은 정말 생각만 해도 짜릿하지 않아요?"

짜릿하지 않다.

일단 무슨 말인지 전혀 모르겠다.

하지만 느낌적인 느낌이라고나 할까?

어쨌든 대단하다는 건 알겠다.

"그래서? 내가 뭘 해주면 돼?"

"일단 여길 더 넓혀주세요. 양자이동장치 ver.3, ver.4를 만드는 데 여긴 좁아서 제약이 많아요."

"그리고?"

"3D 프린터 기술을 좀 더 앞당겨 주세요. 일단 한 50년쯤?"

용운의 말에 혁준이 눈살을 찌푸렸다.

산술적으로 계산한다면야 25년 후의 기술을 가져와 풀면 바로 다시 25년 후의 기술을 스마트폰으로 얻어낼 수 있지만 현실은 그렇게 간단하지가 않았다.

너무 진보된 기술은 주변 기술이 따라가질 못해서 제대로 써먹지 못하는 경우가 허다했다. 지금까지의 경험으로 미루어보면 한 번에 5년이 가장 안정적이었다.

한 번에 5년 후의 기술을 가져와 개발 출원하고 다시 그 5년 후의 기술을 가져와 개발 출원하는 식으로 50년 후의 기술을 끌어내자면 적어도 3년은 잡아야 했다.

'하긴 세계의 질서를 바꾸는 일인데 3년이면 오히려 짧은 거지.'

혁준이 흔쾌히 고개를 끄덕였다.

"그거면 돼?"

"아뇨. 제일 중요한 게 남았어요."

"뭔데?"

"핵융합 기술이요. 헬륨3를 이용해 에너지원을 얻기에는 아직 핵융합 기술이 너무 부족해요. 핵융합 기술을 완성시키려면 미래의 기술력도 기술력이지만 무엇보다 사람이 필요해요. 핵융합 기술은 우리가 건드릴 수 있는 분야가 아니니까요."

"그래서?"

"핵융합 기술의 권위자를 모아주세요. 지금은 물론이고 앞으로 핵융합 분야에서 두각을 보이게 될 인재들까지 끌어모을 수 있는 대로 다 끌어모아 주세요. 그들에게 미래의 핵융합 관련 자료들을 보여주고 연구에 박차를 가한다면 핵융합 기술의 완성까지 그리 오래 걸리지 않을 거예요. 아, 그리고 가능하면 프랑스의 도움을 받는 것도 좋아요."

"프랑스?"

"핵융합 관련해선 세계에서 가장 앞선 기술을 보유하고 있는 곳이 프랑스예요. 가장 적극적으로 투자하고 있는 곳 또한 프랑스구요. 그만큼 프랑스에는 핵융합 기술을 연구하는 데 필요한 제반 시설이 잘 갖춰져 있어요. 뛰어난 인재도 많구요. 필요한 인재를 찾는 데도 도움이 많이 될 거예요. 더구나 사기업이 핵융합 분야에 주도적으로 나선다면 아무래도 여러 가지 분쟁에 휘말릴 수밖에 없는데, 프랑스를 전면에 내세우면 그런 분쟁을 최소화함은 물론이고 잘만 되면 국제원자력기구의 지원을 끌어낼 수도 있구요."

바보 삼형제 주제에 이런 정치적인 것까지 생각했을 정도면 단지 놀이 삼아 달 기지를 만들 생각이 아닌 것만은 분명한 듯하다.

'프랑스라……'

대통령 지크 사라크도 그렇고 프랑스 내 국민 여론도 그렇고, 자신에게 워낙에 우호적이어서 프랑스의 도움을 받는 거야 어렵지 않을 것 같았다.

'문제는 지분인데……'

핵융합 분야에서 프랑스가 가장 앞선 기술을 보유하고 있다면 당연히 요구하는 지분도 클 것이다.

하지만 지금이야 앞선 기술이지만 자신이 뛰어들면 그건 금방 낡은 구닥다리로 전락할 것은 자명한 일이다. 어디까지나 그 분야의 기술을 선도하고 주도하는 것은 결국 기가스컴퍼니가 될 것이니 말이다.

과연 그만한 지분을 넘기면서까지 프랑스의 도움을 받을 만한 가치가 있는 것일까?

더구나 이 이상 프랑스의 힘이 커지는 것도 별로 내키지 않는다.

이번 부시의 일로 많은 도움을 받은 것이 사실이지만 그거야 어차피 기브 앤 테이크였을 뿐이다. 자유무역지역으로 이미 충분히 보상을 되었을 뿐만 아니라 앞으로 출범한 세계자유무역지역연합의 유럽 대표로 내정된 만큼 향후 프랑스가 얻게 될 경제적 이득이란 수치로 다 환산할 수 없을 만큼 어마어마한 것이 될 터이다.

프랑스는 이제 명실공히 유럽의 왕으로 우뚝 섰다. 거기에 차세대 에너지 사업의 핵심인 핵융합에까지 그 지분이 커진다면 그건 그야말로 제2의 미국이 되는 것이다.

'그건 정말 싫은데……'

지나친 힘의 편중은 끝이 안 좋을 수밖에 없다.

하지만 막대한 이권이 걸린 범국가적 사업이다.

그런 사업에 기가스컴퍼니가 뛰어든다면 기존에 핵융합로의 기술을 선점하고 있는 나라들이 혹여 기득권을 잃을까 경계하고 방해하려 들 것은 불을 보듯 뻔한 일이다.

'텃세도 장난 아닐 테고……'

국가의 힘이란 울타리가 되어줄 때는 더없이 든든하지만

울타리 밖에 있을 때는 세상 무엇보다 무섭고 날카로운 칼이 되다는 걸 이번 일로 다시 한번 느꼈다.

울타리가 필요했다.

어떠한 외압에도 흔들림 없이 굳건할.

그러면서도 수족처럼 충실히 따라줄.

그런 면에서도 프랑스는 현실적으로 가장 적합한 곳이긴 했다.

'그래도… 어디 다른 곳 없으려나? 핵융합에 관심도 크면서도 좀 더 다루기 쉬운……'

* * *

"한국은 어떨까요?"

차유경의 말에 혁준이 어리둥절한 표정을 지었다.

좀처럼 결정을 내리지 못하고 삼 일 동안이나 혼자서 끙끙 앓던 혁준이다.

그러다 답답한 마음에 차유경에게 헬륨3와 달 기지에 대한 건 쏙 빼고 핵융합에 대한 관심만 슬쩍 흘렸는데, 생각지 않은 의외의 대답이 들려온 것이다.

"한국?"

"그렇잖아도 윤 장관으로부터 면담 요청이 있었어요."

"윤 장관?"

"전 재정경제부 장관이자 현 과학기술부 장관 말이에요."

"아, 윤태웅?"

윤태웅이라면 한국의 IMF 위기 당시 한국과 혁준 사이의 가교 역할을 했던 사람이다.

유능하며 똑똑하고 그러면서도 정치인답지 않게 올곧아서 소위 한국 정계의 대세남으로 통하는 남자.

경제특구 건설로 제국의 기초를 닦는 데 윤태웅의 도움이 컸던 만큼 혁준에게도 그 이름은 꽤나 반가웠다.

"근데 윤태웅이 왜 날 보자는 건데?"

"이번에 한국의 ITER 입회가 거절당했거든요."

"ITER?"

"국제핵융합실험로 연구 프로젝트를 위해 결성된 국제기구예요. 핵융합로 건설을 위해 유럽연합을 비롯해서 미국, 중국, 일본, 러시아 등이 회원국으로 참여하고 있죠. 독자적인 기술 개발에 실패한 미국이 결국 꼬리를 말고 가입해야 했을 만큼 핵융합 분야에 있어서는 기술이나 영향력 모든 면에서 최정점에 위치해 있는 곳이에요. 실제로 그 꿈의 기술을 실현시켜 줄 핵융합로를 건설 준비 중에 있기도 하구요. 비록 완공부터 상용화까지 앞으로 40년은 더 걸리는 장기 프로젝트 긴 하지만……."

"앞으로 핵융합로가 완성되면 거기의 회원국이냐 아니냐의 차이는 엄청나겠군."

"그렇죠. 핵융합로가 완성되면 지분도 상당할 테지만, 그전에 일단 핵융합로가 완성될 때까지 회원국 간에 뛰어난 기술을 서로 공유하는 만큼 각국에서 개발하는 원천 기술의 양과 질에서 비회원국과는 비교가 안 되겠죠. 그래서 차세대 에너지원에 관심이 있는 나라들이 ITER에 가입하기 위해 그리도 안달을 내는 거구요."

"근데 왜 한국은 입회를 거절당한 거야?"

"자격이 안 된다는 거죠."

"자격?"

"ITER에 가입하는 방법은 두 가지예요. 그들이 인정할 수 있을 만한 기술을 개발하든가, 아니면 천문학적인 입회비를 내든가."

"한국은 둘 다 모자랐다는 건가?"

"한국이 핵융합 분야에 뛰어든 것은 고작해야 8년밖에 되지 않았으니까요. 그렇다고 당장의 정권 유지에만 급급한 한국의 정치인들이 수십 년 후의 미래를 위해 천문학적인 돈을 투자할 리도 없구요."

"그러니까 윤태웅이 날 만나자는 게 나더러 ITER에 가입할 수 있게 힘 좀 써달라, 뭐 그런 것이겠군."

"거기까진 저도 잘 모르겠어요. 하지만 분명한 건 한국도 핵융합에 상당한 관심을 보이고 있다는 거예요. 특히 윤 장관은 한국의 미래가 거기에 달렸다고 생각하고 있는 만큼 충분히 대화를 해볼 만한 가치가 있을 거예요. 더구나… 한국이라면 이제 울타리로 쓰기에 제법 괜찮은 나라가 되기도 했구요."

혁준의 경제특구를 중심으로 불과 5년 사이 아시아 경제의 중추로 우뚝 선 한국이다. 국제사회에서의 힘과 영향력 또한 이전과는 비교를 불허할 만큼 커졌다.

'군사력이 조금 아쉽긴 하지만…….'

그렇다고 해도 국가로서 여러 외압을 차단해 줄 만한 힘은 분명 있다.

무엇보다 다음 대 가장 강력한 대선주자로 꼽히는 것이 윤태웅이었고, 그런 윤태웅과는 손발이 잘 맞는다.

뜻이 통하고 말이 통한다.

'한국이라… 나쁘지 않군. 나쁘지 않아.'

그리고 보니 한국을 떠나 프랑스로 온 지 벌써 5년이나 되었다.

'그럼 이참에 가족들하고 다 같이 한국에나 가볼까?'

생각하니 그간 보고서로만 접한 한국이 어떻게 변했을지 사뭇 궁금해지는 혁준이다.

혁준과 그의 가족을 태운 전용기가 청주국제공항에 도착했다.

청주국제공항은 1996년 12월 완공될 당시만 해도 국제 화물공항이나 유사시 수도권 대체 공항 정도의 기능에 중점을 뒀지만 그 직후 대전, 충청을 중심으로 서해안 일대에 혁준의 경제특구가 세워지면서 이제는 규모나 모든 면에서 한국의 전반적인 항공 운송 수요를 분담하고 동아시아의 허브 공항으로서 당당히 그 역할을 담당하고 있었다.

전용기에서 내리자 한국 측 정부 인사들이 먼저 그를 마중 나와 있었다. 물론 그중에는 윤태웅도 있었다.

조금 의외인 것은 윤태웅의 옆에 서 있는 작은 키의 인상 좋은 중년인이었다.

"저 사람… 대통령 아냐?"

"예, 작년에 취임한 이연욱 한국 대통령이세요."

경제특구가 세워지면서 한국 국민들의 의식에도 많은 변화가 생겼다. 그만큼 한국 정치계도 많은 물갈이가 이루어졌다. 그 때문인지 대한민국의 15대 대통령은 혁준이 알고 있는 세상의 대통령과는 전혀 다른 인물이 되어 있었다.

'윤태웅 장관의 은사라고 했지, 아마?'

이연욱은 정계에 얼굴 한 번 보인 적이 없던 인물로 신데렐라처럼 등장해 단숨에 대통령까지 된 입지전적인 인물이지만 사실 그 바탕에는 윤태웅이 있었다.

혁준을 끌어들여 IMF를 막고 거기에 더해서 경제특구를 건설하는 데 가장 큰 힘을 실어준 윤태웅은 이미 전 국민적인 지지와 사랑을 받고 있었다. 그런 윤태웅의 전폭적인 지지가 지금의 이연욱을 만들었다고 해도 과언이 아니었다.

혁준은 그렇게 자신을 마중 나온 한국 정계의 핵심 인사들과 간단히 인사를 나누고 곧장 대전의 경제특구관리국으로 향했다.

그렇게 의전 차량에 올라 공항을 빠져나오니 수백 명의 기자들과 수만 명의 환영 인파가 공항 앞을 가득 메우고 있다.

"조용히 들어오겠다고 하셔서 조심은 했습니다만……."

혁준의 의전까지 직접 책임지기로 한 윤태웅이 옆자리에서 곤혹스러워한다.

"괜찮습니다. 제 일거수일투족이야 전 세계가 주시하고 있는데 한국 안에서 입단속을 해본들 그게 제대로 될 리가 없죠. 뭐, 비틀즈가 된 것 같은 기분도 썩 나쁘지는 않고."

아니, 지금 한국에서 혁준은 비틀즈 정도가 아니었다. 그걸 깨달은 것은 대전시에 들어선 직후였다.

"저, 저건 뭐죠?"

높이가 거의 50m는 될 것 같은 기이한 건축물을 발견하고는 의아해 물었다.

"동상입니다."

동상인 거야 안다. 딱 봐도 사람의 형상을 하고 있다.

"설마 저거… 난 아니겠죠?"

"맞습니다. 회장님의 동상입니다."

"뭐라구요? 정말 저게 내 동상이라고요?"

"경제특구는 지난 몇 년 사이 비약적이다 싶을 만큼 발전했습니다. 경제특구의 중심인 대전은 이제 전 세계적인 경제도시로 우뚝 섰다고 해도 과언이 아니죠. 당연하게도 그 모든 공로와 찬사는 회장님의 것이구요. 저 동상은 대전 시민들이 자발적으로 돈을 모아서 그 고마움의 표시로 작년 회장님 생일을 기념해 완공된 것입니다. 사실은 완공식 때 회장님을 초청하려고도 했지만 그때는 미국과의 일로 워낙에 시끄럽던 때라 괜한 일로 번잡하게 해드리는 것 같아 차마 알려 드릴 수가 없었습니다."

"하아, 내 나이가 몇인데 동상 같은 걸……."

"나이가 중요한 것은 아니니까요. 그만큼 회장님은 대전 시민들에겐 영웅이고 은인이니까요."

"아무리 그래도 그렇지, 저렇게까지 크게 만들 건 없잖습니까? 이거 원 민망해서……."

"대전 시민들의 마음이 그만큼 큰 것이라 생각하십시오. 아니, 대전 시민만이 아닙니다. 대한민국의 국민 모두가 회장님을 영웅으로 생각하고 있습니다. 이제 회장님은 누가 뭐라 해도 대한민국의 자랑이자 자부심이니까 말입니다."

가뜩이나 민망해 죽겠는데 낯간지러운 소리를 잘도 해댄다.

아부에 그다지 특화된 인간도 아닌 주제에 이런 낯간지러운 소리를 해대는 이유야 뻔했다.

아직도 혁준의 국적은 미국이었고, 한국의 이중 국적 제안에 응하지 않은 상태였다. 엄밀히 따지면 피만 같을 뿐이지 남이나 마찬가지였고, 그 경계를 끝끝내 흐트러뜨리지 않고 있었다. 듣기로는 이젠 프랑스마저 혁준의 이민을 부추기고 있다고 한다.

그런 혁준에게 대한민국이 결코 남이 아니라는 것을, 그를 결코 남으로 생각하지 않는다는 것을 그렇게라도 강조하고 있는 것이다.

'아무튼 틈을 안 준다니까, 틈을.'

조금만 방심하면 윤태웅의 페이스에 말려들기 십상이다.

상대방의 기분을 상하지 않게 하면서 대화를 자신의 페이스로 끌고 가는 재주는 참 탁월한 것 같다. 아마도 윤태웅이 정계에서 단시간에 이만큼의 입지를 구축할 수 있던 것도 그 탁월한 재주 때문이 아닐까 싶다.

혁준은 문득 궁금해서 물었다.

"그런데… 왜 지난번 대선엔 출마하지 않으신 겁니까?"

"예? 무슨 말씀이신지……."

"지금도 그렇지만 그때도 가장 강력한 대선후보 1순위는 윤 장관님이 아니셨습니까? 듣기로는 지지율이 60프로를 넘었다고 들었는데… 왜 직접 나서지 않고 이연욱 대통령을 민 겁니까?"

"저보다는 그분이 더 대통령으로서 적합하다 판단했기 때문입니다. 저는 대통령이 되기에는 아직 연륜과 경험이 많이 부족합니다."

"눈 가리고 아웅도 아니고, 마음에도 없는 말은 그만합시다. 저도 눈이 있고 귀가 있습니다. 이 나라의 실질적인 대통령이 누구인지 정도는 알고 있단 말이죠. 은사를 허수아비로 두고 막후에서 이 나라 정치판을 움직이고 계시는 분이 연륜과 경험이 부족해서 대통령을 포기했다는 걸 누가 믿겠습니까?"

"……."

"제게 원하는 게 있다는 거 알고 있습니다. 그래서 제가 다시 한국으로 돌아온 것이구요. 제게서 원하는 것을 얻고 싶으시다면 먼저 솔직해져야 할 겁니다."

말투는 부드러웠다. 혁준의 입가엔 시종일관 옅은 미소도 걸려 있었다.

하지만 윤태웅은 그 어떤 추궁이나 협박보다도 무겁게 들렸다. 가볍게 던지는 한마디가 그 어떤 말보다도 더 무거울 수 있는 사람이 이 권혁준이란 사내였다.

"알겠습니다. 솔직히 말씀드리겠습니다. 제가 지난 대선을 포기한 것은 지금보다 다음 대가 대한민국 역사에서 가장 중요한 분기점이 될 거라 판단했기 때문입니다. 대한민국의 미래가 결정되는 그 중요한 시기를 다른 이의 손에 맡겨두기엔 저는 본질적으로 대한민국의 정치인들을 믿지 않으니까요."

"대한민국의 역사에서 가장 중요한 분기점이라… 뭔가 거창하네요. 물론 그 중심에는 핵융합이 있는 거겠죠?"

혁준이 바로 핵심을 찔러오자 움찔 놀라는 윤태웅이다. 하지만 그것도 잠시, 이내 단호한 목소리로 말했다.

"그렇습니다. 저는 핵융합 기술이야말로 대한민국의 미래라고 믿습니다."

"그래봤자 한국은 ITER 입회도 거절당했잖아요. 그럼 아무리 발버둥 쳐도 ITER 회원국에 비하면 한참 뒤처질 수밖에 없는데, 당당히 대한민국의 미래라 하기에는 밑천이 너무 허접한 거 아닙니까?"

"그건 우리가 더 큰 그림을 그리고 있기 때문입니다. 단지 ITER 입회가 목표였다면 단언컨대 ITER는 우리의 입회를 거절하지 못했을 것입니다."

"그럼 마음만 먹었다면 입회 승낙을 받아냈을 거란 말씀입니까?"

혁준이 이해할 수 없다는 듯 눈살을 찌푸렸다.

"제가 알기로는 ITER에 가입하려면 천문학적인 액수의 입회비와 모두가 인정할 수 있는 기술, 이 두 가지 중 하나는 충족되어야 가능하다고 알고 있습니다만? 윤 장관님께서 아무리 정계에 막강한 영향력을 행사하시는 분이라고 해도 그런 천문학적인 액수의 국가 예산을 움직일 수 있을 정도는 아닌 걸로 아는데요? 그렇다고 핵융합 연구를 시작한 지 고작 8년밖에 안 된 한국에서 ITER 회원국 모두가 인정할 수밖에 없는 신기술을 개발해 냈을 리는 없고."

"개발했습니다."

"……?"

"ITER에서 개발 중인 국제핵융합실험로와 가장 흡사한 선행 모델을 오직 우리 국내 기술로 개발에 성공했습니다. 앞으로 1년이면 실제 가동이 가능한 수준이구요. 그게 완성된다면 한국은 세계 여섯 번째 핵융합 개발 국가가 되는 것입니다. ITER의 벽이 아무리 높다고 해도 그거면 절대 거절 못 합니다."

윤태웅의 눈빛은 자신감과 자부심으로 뜨거워져 있었다.

거짓이나 허풍은 아닌 것 같았다. 여전히 핵융합에 대해선 잘 모르지만 저 자부심 가득한 눈빛만으로도 얼마나 대단한 기술인지 충분히 짐작할 수 있었다.

"그런데 어째서 입회를 거절당한 겁니까?"

"그야 우리가 그 기술을 ITER에 공개하지 않았으니까요."

"그러니까 왜요?"

"ITER의 회원국이 된다고 해도 우리나라는 결국 후발 주자일 뿐입니다. 차후 핵융합과 관련한 에너지 산업에서 프랑스나 미국, 일본 등 기존 회원국들에 비해 차별과 불이익을 당할 수밖에 없습니다. 신기술은 그때를 대비한 우리의 무기입니다. 단지 ITER에 입회하기 위한 용도로 쓰기에는 너무 아깝죠."

"하지만 ITER에 가입하지 못하면 그게 더 큰 손해가 아닙니까?"

"물론 다른 대안이 없었다면 그걸 넘기고서라도 ITER 가입을 우선으로 했을 것입니다."

"다른 대안이 있다는 겁니까?"

"예, 그래서 회장님을 뵙고자 한 것이구요."

잠시 한 호흡 여유를 둔 윤태웅이 물었다.

"제 짐작으로는 평소 회장님께서도 핵융합에 대해 관심을 갖고 계셨을 것 같은데, 아닙니까?"

"왜 그렇게 생각하죠?"

"기가스컴퍼니의 주력 사업 중 하나가 자원과 에너지로 알고 있습니다. 더구나 선진 기술로 새로운 문화를 만들어가고 계신 회장님이라면 당연히 차세대 에너지원의 핵심인 핵융합에도 관심을 가지고 계실 거라 생각하기 때문입니다."

평소 생각을 하고 있던 것은 아니지만 어쨌거나 바보 삼형제를 계기로 뒤늦게나마 관심을 가지게 된 것은 사실이다.

"그래서요?"

"한국과 손을 잡고 세계 최대 규모의 핵융합 연구소를 만들어보지 않으시겠습니까?"

"투자를 해달라는 겁니까?"

"단지 투자의 개념보다 전체적이고 전폭적인 합작의 개념을 원합니다. 대한민국과 기가스컴퍼니의 자금, 기술, 인력 등 모든 면에서의 합작 말입니다. 저는 그걸 발판으로 ITER에 버금가는 새로운 국제기구를 만들어볼 생각입니다."

"그러니까 남의 들러리나 해줄 바에야 아예 판을 갈아엎고 새 판을 짜자?"

"그렇습니다!"

새삼 윤태웅이란 사내에 대해 놀라는 혁준이다.

사람이 트인 줄은 알았지만 이렇게까지 진취적이고 도전적인 면을 가지고 있는 줄은 미처 몰랐다.

"그래서 지금이 아니라 다음 대선을 노린 것이군요. 지금부터 준비한다고 해도 핵융합 연구소나 새로운 국제기구가 본격적으로 궤도에 오르려면 3년 이상의 시간이 소요될 테니까. 그 중요한 시기를 다른 사람의 손에 맡기지 않으려고."

"그게 바로 제가 대통령이 되어서 하고자 하는 일입니다. 물론 그게 전부는 아닙니다. 대통령이 되어서 하고 싶은 일이 핵융합 말고도 하나 더 있습니다. 아니, 어쩌면 그것이야말로 제가 대통령으로서 이 나라를 위해 해야 하는 가장 중한 일인지도 모릅니다."

"하나 더라면?"

"한반도 비핵화의 종결!"

"……."

"대한민국을 핵무기 보유국으로 만드는 것! 그러기 위해서 회장님의 도움이 절대적으로 필요합니다. 회장님이 도와만 주신다면 반세기에 걸친 노력에도 불가능한 그 일이 가능할 수 있습니다. 물론 그냥 도와달라는 것은 아닙니다. 만일 대한민국의 핵무기 보유가 가능해진다면 핵무기에 관한 권한과 권리를 대한민국 정부와 경제특구관리국이 정확히 절반씩 나누어 가지게 될 것입니다. 뿐만 아니라 그것과는 별개로 경제특구에 자위권을 인정해 드리겠습니다. 이게 무슨 의미인지는 굳이 따로 말씀드리지 않아도 아시겠지요?"

안다.

윤태웅의 말인즉슨 세상 모든 것을 다 가진 혁준이 단 하나가질 수 없었던, 그래서 세상 무엇보다 가지고 싶었던 혁준의, 혁준만의 군대를 가지게 될 것이라는 뜻이다. 그것도 무려 핵무기를 보유한. 비록 절반의 권리라고 할지라도 말이다.

제59장
휴가지에서 생긴 일

핵이라니?

한반도 비핵화의 종결이라니?

윤태웅으로부터 생각지도 못한 말을 들은 혁준은 자신만의 군대를 가질 수 있게 된다는 말에도 그저 어안이 벙벙할 뿐이었다.

"핵을 만드는 게 가능하기나 한 겁니까? 나랑 손잡는 거 이전에 한국이 핵무기를 보유할 만한 역량이 되기는 한 겁니까?"

"물론 그 부분에 대해서 많은 사람들이 의구심을 품고 있습니다. 70년대에 핵 보유를 목표로 내폭형 원자폭탄의 개발을 진행해 1톤 미만, 20킬로톤 이상급 원자폭탄 설계를 마치고 투발 수단인 180㎞대의 미사일까지 개발해 냈다지만 한국의 핵 보유를 원하지 않는 강대국들의 반대에 부딪혀 그 의지는 박탈당하고 기술은 강탈당해 버렸으니까요."

익히 알려져 있는 사실이다.

윤태웅의 말은 계속됐다.

"캐나다의 NRX 연구로 도입도 좌절되고 진행 중이던 재처리 시설 도입 프로젝트도 그렇게 백지화되었죠. 하지만 그것은 포기가 아니라 노선 변경이었습니다."

"……."

"조용한 정책, 조용한 전진. 경제적 실익과 핵이라는 두 가지 선택물을 저울질해서 그 결과 어쩔 수 없이 한국의 공식적인 핵 프로젝트는 종언을 고했지만, 핵은 가지지 않되 필요할 때 가장 빠른 시간 안에 최대한 강력하고 많은 양의 핵무기를 보유할 수 있는 잠재적 역량을 강화하는 데 힘을 쏟기 시작한 것입니다. 원자력 산업의 거대화와 기술의 고도화가 그것이죠. 놀랍게도 이 정책은 당쟁과 협잡이 난무하는 한국 정치판에서 당파와 세대에 상관없이 30년이 넘는 세월 동안 일관되게 진행되어 온 정책입니다."

그건 성향이나 당색, 정권에 상관없이 이 나라 정치인이라면 누구나 핵 보유의 필요성을 절대적으로 공감하고 있다는 뜻이다.

"현재 한국은 12기의 경수로와 4기의 중수로가 가동 중입니다. 나라가 마음먹고 재처리 시설을 가동하면 월성의 4개 중수로에서 당장에라도 연간 120개의 핵탄을 제조할 수 있죠. 기폭장치와 운반체도 바로 준비할 수 있습니다. 당장이야 투발 수단이나 억지력 면에서 초라한 것이 사실이지만 그거야 단지 핵무기 제조와 실전 배치를 안 하고 있었다뿐, 장담컨대 국가가 결심만 하면 이 나라는 파키스탄이나 인도 같은, 단순히 핵무장국이 아니라 질적, 양적 면에서 미국, 러시아, 중공, 영국, 프랑스와 같은 핵 강국으로 단숨에 도약할 것입니다. 지난 30년 동안 쌓아온 노하우와 기술은 이미 그러한 수준에까지 이르러 있으니까요."

"결국… 문제는 힘이라는 겁니까?"

"그렇습니다. 문제는 기술력이 아니라 정치력입니다. 기술과 명분은 충분합니다. 주변 강대국 중 일본을 제외하고 사실상 모두가 핵을 보유하고 있는 상황에서 자주적 국방을 위한 핵무기 실전 배치는 지극히 당연한 일이니까요. 하지만 우리가 가진 핵잠재력을 껄끄러워하는 강대국들의 반대에 부딪혀 지금껏 참을 수밖에 없었습니다. 강대국들의 경제적, 외교적 압박을 견뎌낼 만큼의 힘이 한국에는 없었으니까요."

그러나 이제는 다르다.

"경제적으로 훨씬 더 풍요로워졌고 외교적으로 훨씬 더 강성해졌습니다. 게다가 이번 부시의 자작극으로 미국의 입김도 상당히 약해졌구요. 이제 회장님의 지지만 있으면 됩니다. 회장님께서 모국의 결정을 지지만 해주신다면 어느 누구도 감히 한반도 비핵화의 종결을 반대하지 못할 것입니다."

윤태웅의 말에는 힘이 있었다.

경제특구의 자위권을 인정해 주겠다는 말도 구미가 당겼다.

거기다 즉흥적으로 꺼낸 말이 아닌지 실제로 오늘을 위해 관련 법률 개정과 국회의 동의까지 암암리에 다 처리해 놓은 상태라고 한다.

혁준이 결정만 내리면 그 모든 일이 일사천리로 진행될 것이다.

하지만 선뜻 뜻을 정하기가 어렵다.

한반도 비핵화의 종결.

핵으로 전쟁을 억제한다는 논리는 분명 이상론자들에게는 모순이고 괴변일 테지만 핵무장국들에 둘러싸인 대한민국의 입장에선 국가 안보를 위한 가장 현실적인 대안인 것만은 분명했다.

그럼에도 선뜻 결정하기가 어려운 것은 한반도의 핵무장

이 불러올 동북아의 긴장감 때문이다. 핵으로 인한 전쟁 억제력이 자칫 더 큰 전쟁의 빌미가 될 수도 있는 것이다.

과연 그만한 가치가 있는 것일까?

자신은 근복적으로 장사꾼이다. 한반도가 핵무장을 한다 해도 자신에게 딱히 큰 이득이 될 것은 없다. 오히려 한반도의 핵무장으로 인해 동북아에 들어찰 극도의 긴장감은 한창 판을 벌리고 있는 그의 사업에 방해 요소로 작용할 가능성이 컸다.

"지금은 뭐라 답을 드릴 수가 없군요. 아무래도 이건 심사숙고해야 하는 문제이니……."

결국 그렇게 결정을 미룰 수밖에 없었다.

머리가 무거웠다.

핵융합이니 달 기지니 하는 것만 해도 머리가 복잡한데 거기에 핵무기까지 더해지니 정신이 다 없을 지경이었다.

어디 그뿐이랴. 경제특구관리국 일만 해도 그랬다.

그동안 유럽 쪽 일에만 너무 매달려 있다 보니 쌓인 일이 이만저만이 아니었다. 명색이 관리국의 회장이다 보니 처리해야 할 일이 산더미였다.

"하아, 좀 쉴 겸 해서 한국에 온 건데, 어떻게 된 게 일이 더 많아? 이러다간 진짜 평생 일만 하다 죽겠군."

하지만 그런 푸념도 차유경 앞에서는 배부른 소리였다.

그렇잖아도 하루 세 시간 이상 자는 걸 보지 못했는데 요즘은 과연 눈이라도 한번 붙이는지 의심이 될 정도로 밤낮없이 일만 하는 그녀였다.

그가 부시와의 전쟁에 전념하는 동안 기가스컴퍼니의 모든 사업을 그녀가 도맡아 하다시피 했으니 그 고단함이야 오죽하겠는가.

생각이 거기에까지 미치자 새삼 마음이 쓰여서 차유경을 찾아갔다.

챙겨주지 않으면 끼니까지 거르고 일할 게 뻔해서 근사한 곳에서 저녁이나 같이할 생각이다.

그런데.

똑똑.

사무실 문을 노크해도 웬일인지 아무런 반응이 없었다.

'내 식사도 챙기지 않은 상태로 먼저 저녁을 먹으러 갔을 리는 없는데… 바이어라도 만나러 간 건가?'

의아해서 문을 열었다.

차유경은 저녁을 먹으러 간 것도, 바이어를 만나러 간 것도 아니었다.

사무실 안에 있었다.

평상시와는 사뭇 다른 모습으로.

팔을 한쪽 턱에 괴고 꾸벅꾸벅 졸고 있었는데, 늘 단정하던 모습과는 달리 블라우스의 단추 하나는 삐딱하게 풀어헤쳐졌고 머리카락은 헝클어져 있었다.

이처럼 무방비한 상태의 차유경의 모습은 처음 보는 것이다. 그래서 꽤나 신선하고 재밌었다. 귀여우면서도 한편으론 괜히 미안하고 안쓰럽기도 했다.

똑똑.

"부사장님."

책상을 가볍게 두드리며 속삭이듯 차유경을 부르자 그 소리에 놀라 눈을 뜬 차유경이 혁준을 발견하고는 반사적으로 벌떡 몸을 일으켰다.

"대, 대표님……."

대체 왜 혁준이 지금 이 자리에 있는 것인지 이해가 안 된다는 듯 멀뚱히 눈을 깜빡거리는 차유경이다.

그런 차유경을 보며 혁준이 가볍게 미소를 짓고 말했다.

"부사장님, 우리 휴가 갑시다."

"예?"

"그러고 보니 지난 몇 년 동안 제대로 쉬어본 적이 없네요. 성공에 취해서 너무 일에만 매달리지 않았나 싶어요. 어차피 한국에는 좀 쉴 목적으로 온 거니까 이참에 애들이랑 같이 휴가나 다녀옵시다."

혁준의 느닷없는 제안에 그제야 겨우 정신을 수습한 차유경이 반문했다.

"휴가를 다녀오시겠단 말씀입니까?"

"예."

"얼마나요?"

"이왕 쉬는 김에 한 일 년 푹 쉬면서 세계 일주나 할까요?"

"예? 그건… 안 될 말씀이세요. 일 년이라니… 그랬다간 세계경제가 마비될 거예요."

지금 차유경의 표정은 곤란함을 넘어 아예 울상이 되다시피 했다.

아닌 게 아니라 혁준이 일을 놓으면 지금 세계 각국에 건설 중인 경제특구와 자유무역지역 사업부터 삐걱거릴 테고, 거기에 더해 천연자원과 기술 특허 분야에서 추진하고 있는 사업들에도 제동이 걸린다.

그건 이제 기가스컴퍼니만의 일이 아니었다. 기가스컴퍼니가 곧 세계경제였다. 혁준이 하루만 자리를 비워도 세계경제가 몸살을 앓게 될 것인데 일 년이라니? 한가롭게 세계 일주라니?

가당치도 않은 일이었다.

물론 자신의 위치와 입장은 혁준이 더 잘 알고 있었다.

차유경의 곤혹스러워하는 얼굴을 보며 혁준이 짓궂게 웃

었다.

"하하! 압니다, 알아. 그냥 농담 좀 한 겁니다. 그래도 휴가
는 갑시다. 일 년은 무리라도 일주일 정도야 어떻게든 시간
못 내겠습니까? 멀리 갈 것도 없이 간만에 한국의 바닷가 구
경도 나쁘지 않을 것 같고. 마침 피서 철이기도 하고 말입니
다."

＊　　　＊　　　＊

그렇게 정해진 모처럼의 휴가는.

"이왕이면 부를 사람 다 부르죠, 뭐. 그동안 바빠서 못 뵌 분들
이참에 얼굴도 볼 겸."

혁준의 그 말 한마디에 꽤 대인원이 되어버렸다.

혁준과 바보 삼형제, 차유경과 그녀의 부모는 물론이고 기
가스컴퍼니의 광고사업부 공동대표로 있는 성재의 부모 한창
희, 서은정 부부, 역시 기가스컴퍼니의 과학기술부 본부장 겸
총괄이사를 맡고 있는 동생 권수진과 그녀의 남편인 성진호,
이제 주식은 깔끔하게 접고 무려 경제특구관리국 위원회의
부의장으로 활동하고 있는 삼촌 권홍술 등이 이번 가족 휴가

에 동참하게 된 것이다.

그런데 가족 휴가로 명명한 이번 휴가에 정작 혁준의 부모님이 빠졌다. 어머니의 학구열이 재발해 전날 저녁 부부가 같이 이집트로 날아가 버렸기 때문이다.

대신 엉뚱한 불청객이 그 자리를 채웠다.

"두 분이 여긴 어쩐 일이십니까?"

전용기에 몸을 실으려는 그때 대형 세단 한 대가 달려와 멈춰 서더니 그 안에서 성진호의 부모인 성광수 부부가 내린 것이다.

이젠 태화실업이 아니라 국내 굴지의 기업으로 발돋움한 태화그룹의 회장 성광수가 헤픈 웃음을 흘리며 말했다.

"대표님께서 가족 여행을 가신다는데 저희가 빠질 수야 없지 않겠습니까? 사돈도 엄연히 가족 아닙니까, 가족. 허허허허."

사돈으로 인연을 맺기는 했지만, 그래서 태화실업이 지금의 태화그룹이 되기까지 알게 모르게 뒤를 봐준 것은 사실이지만 그다지 달가운 사람은 아니었다. 지금이야 수진이를 공주처럼, 여왕처럼 떠받든다지만 과거 집안이 보잘것없다는 이유로 수진이를 힘들게 한 기억은 고스란히 남아 있었다.

그래서 일부러 초대를 하지 않았는데, 아무래도 뒤늦게 성진호에게 듣고 부랴부랴 달려온 모양이다.

그 의도야 뻔했다.

기가스컴퍼니의 대표와 가족 휴가를 같이 보냈다는 것만으로도 이 나라 재계에선 위신과 입지가 달라지니까. 그건 곧 태화실업의 기업 가치와도 직결되는 문제였다.

'아무튼 처세 하나는 기가 막힌다니까.'

내키진 않았지만 전용기에 태웠다.

성광수의 말대로 사돈도 가족은 가족이니까.

무엇보다 수진이가 보고 있는 앞에서 그녀의 시부모에게 창피를 주는 건 수진이의 마음만 불편하게 할 뿐이다.

그렇게 혁준의 일가족을 태운 전용기가 향한 곳은 경제특구가 세워진 후로 세계적인 휴양지로 거듭나고 있는 서해안의 자연 휴양림 안면도였다.

"이게 안면도라구요?"

혁준은 눈앞에 펼쳐진 그림 같은 풍경을 보며 눈을 휘둥그레 떴다.

안면도라면 과거로 돌아오기 전 대학교 때 MT로 와보곤 처음이지만 이건 달라져도 너무 달라져 있었다.

즐비하게 늘어선 호텔과 카지노, 해안 도로를 타고 길게 이어져 있는 F1 서킷과 해변을 틈새 없이 가득 채우고 있는 크고 작은 요트들은 그야말로 세계 최고 관광대국인 모나코를 그대로 옮겨놓은 듯한 모습이었다.

"뭘 그렇게 놀라세요? 경제특구 사업의 일환으로 진행된 일인데?"

새삼스럽게 뭘 놀라느냐는 듯 차유경이 혁준을 본다.

물론 이 또한 혁준의 재가하에 이루어진 일이다.

충청도와 서해안을 아시아 경제특구의 중심으로 키울 계획을 세우면서 안면도를 한국 경제특구의 얼굴로 만들자는 취지로 진행된 일이다.

하지만 그래봤자 그가 추진하고 있는 많은 사업 중의 하나일 뿐이었다. 자신이 직접 현장을 답사할 만큼 중요하게 생각지도 않았고 그럴 만한 경황도 없었다. 기가스컴퍼니가 벌이고 있는 거의 대부분의 사업이 그러하듯이 안면도 개발도 차유경에게 일임해 둔 것인데, 그 짧은 시간에 안면도가 이렇게 멋진 모습으로 변해 있는 것이다.

"우리가 묵을 곳은 어딥니까?"

"대표님께서 번잡하지 않게 조용히 휴가를 보내고 싶다 하셔서 한적한 곳의 펜션으로 준비했어요."

"우리가 여기에 온 건 아무도 모르는 거죠?"

섬이 발전한 만큼 거기에 얽힌 이권은 다양하고 복잡할 수밖에 없다. 자신이 안면도에 있다는 소식이 전해지면 그러한 이권에 관련된 인간들이 극성스럽게 달려올 것이 뻔했다. 그건 생각만 해도 귀찮은 일이라 한 번 더 확인하는 것이다.

차유경이 염려 말라는 듯 고개를 끄덕였다.

"예, 윤 장관님을 통해서 이곳 안면도 책임자께도 특별히 보안에 신경을 써달라고 부탁드렸으니 별문제는 없을 거예요."

"부디 그랬으면 좋겠군요. 휴가면 휴가답게 좀 보내고 싶으니 말입니다."

아무튼 그렇게 해서 찾아간 펜션은 어디서나 흔히 볼 수 있는, 정말로 평범한 펜션이었다.

나쁘지 않았다.

늘 으리으리하고 화려한 곳에서만 살다가 이런 평범한 집을 보니 정취도 있고 정감도 느껴져서 꽤나 마음이 흡족했다.

그렇게 흡족한 마음으로 펜션에 짐을 푼 혁준은 코끝을 간질이는 바다 내음의 유혹을 뿌리치지 못하고 바로 근처의 삼봉해수욕장으로 향했다. 그런 혁준을 바보 삼형제가 졸래졸래 쫓아오며 불렀다.

"쭌이 형님, 이거요, 이거. 이거 가져가셔야죠."

진석이 그렇게 말하며 뭔가를 혁준에게 내민다.

선글라스다.

"이건 왜?"

"바다에 왔으면 선글라스는 필수죠. 그래야 맘 편히 구경할 수 있을 거 아네요."

"뭘 구경해?"

"뭐긴 뭐예요. 당연히 여자죠. 일 년 중 여자가 가장 아름다울 때가 피서 철이잖아요. 그럼 당연히 감상을 해주는 게 남자 된 도리죠. 여자가 부담스러워하지 않게 선글라스 정도는 껴주는 게 예의고. 이게 이래 봬도 그냥 선글라스가 아니에요. 최첨단 줌 기능이 있어서 수 킬로 떨어진 거리에서도 바로 눈앞에 있는 것처럼 생생하게 감상할 수 있다 이 말이죠."

"왜? 차라리 그냥 투시 기능까지 달지?"

"에이, 뭘 모르시는 말씀. 우리가 한때 여탕에 목을 맨 적이 있긴 하지만 그거야 어렸을 때 이야기고 이젠 알거든요. 여자의 몸이란 자고로 은밀하고 아슬아슬하게 감춰져 있을 때가 가장 아름답다는 걸."

참 대단한 깨달음이라도 된다는 양 과장되게 고개를 끄덕이던 진석이 혁준에게 다시 선글라스를 내밀었다.

"그러니까, 자, 가져가요."

잠시 갈등이 되는 혁준이다. 하지만 이내 못 이긴 척 선글라스를 받아 들었다.

"흠흠, 내가 니들처럼 여자 비키니 구경에 침이나 질질 흘려대는 속물은 아니다만, 이 작열하는 태양빛으로부터 눈을 보호하는 데는 이만한 게 없긴 하니까."

남들보다 두 배는 예민하고 밝은 시력이다 보니 그만큼 태양빛이 남들보다 두 배는 더 부담스러운 것도 사실이다.

하지만 구차하다는 듯, 그게 더 찌질해 보인다는 듯 코웃음을 치는 진석을 보고 있자니 괜히 낯이 뜨거워져 급히 걸음을 옮겼다.

그렇게 삼봉해수욕장에 도착하고 보니 명사십리 은빛 반짝이는 모래사장의 끝에 전장의 호걸 장수처럼 적을 향해 달려들 것만 같은 우람하고 장대한 모습의 봉우리 세 개가 먼저 눈에 들어왔다.

이곳이 삼봉이라 이름 붙여진 이유였다.

기분이 좋았다.

그저 보는 것만으로도 가슴을 뜨겁게 달아오르게 하는 삼봉의 호쾌한 기상도 좋았고, 자연 그대로 탁 트인 모래사장과 듬성듬성 솟아 있는 모래언덕도 멋스러웠다.

시원한 바닷바람도 좋고, 아릿한 바다 냄새도 좋고, 리듬감 있는 파도 소리도 좋다. 북적이는 사람들에게서 느껴지는 피서지 특유의 활기와 설렘, 흥겨움도 좋다.

새삼 휴가 오길 잘했다는 생각이 들었다.

해변에 발을 디딘 것만으로도 그동안 쌓여 있던 여러 피곤한 것들의 찌꺼기가 훌훌 털려 나가고 마음 깊이 힐링이 되는 느낌이다.

그때.

"오빠, 여기!"

먼저 와서 해변 한쪽에 자리를 잡은 수진이 부부가 그를 보며 손을 흔들었다.

그들에게로 다가가자 어느새 아이까지 가져 배가 볼록하니 나온 수진이 자신의 옆 비치 의자를 툭툭 두들겼다.

"여기 앉아. 이 주위가 유난히 미녀들이 많이 보이더라고. 비키니 구경하기 딱 좋을 거야."

"비키니 구경은 무슨, 이 오라버니를 뭐로 보고……. 이래 봬도 내가 제일 잘나간다는 할리우드 배우들이 하룻밤 같이 보내고 싶어서 아주 안달을 내는 몸이시거든? 세계 어느 나라를 가든 그 나라의 최고 미녀들이 몸 로비부터 해오는 몸이시라 이 말씀이거든?"

"그래봤자 제대로 즐겨본 적도 없잖아?"

"그야 귀하신 몸 함부로 굴려서 뒤끝 좋을 일이 없으니까. 그만큼 색욕에 초연할 수 있는 의지의 남자라고나 할까?"

"색욕에 초연은 개뿔. 그럼 그 손에 든 건 뭔데? 그거 우리 회사에서 이번에 특허 출원한 기가글래스잖아. 줌 기능에 내비, 카메라와 영상 공유 기능까지 되는. 그런 걸 들고 그런 소릴 하니까 오히려 변태 같거든?"

"벼, 변태?"

"혹시 오빠, 하는 것보다 보는 것에 더 흥분하고 뭐 그런 취향인 거 아냐?"

"야, 이게 사람을 어디다 취직시켜! 이건 그냥 진석이 놈이 억지로 가져가래서 가져온 것뿐이거든? 이 오라버니, 정신적으로나 육체적으로나 완전 건강한 남자거든? 오히려 취향이 의심스러운 건 내가 아니라 진호야. 일전에 보안팀에서 전체적인 시큐리티 시스템을 점검하다가 발견한 건데, 진호 컴퓨터에서 야동이 아주 국가별, 인종별로 좌르르……."

"뭐? 그게 무슨 말이야? 이 사람 컴퓨터에 뭐가 있어?"

혁준의 말에 수진이가 눈꼬리를 치켜세우며 혁준과 성진호를 번갈아 보았다.

반대로 성진호는 예기치 않게 자신의 치부가 혁준의 입에서 터져 나오자 당황한 얼굴로 울상을 지었다.

"혀, 형님……."

그 모습을 보니 조금 미안한 마음이 드는 혁준이다.

그래서 나름 성진호의 취향에 대해 비호했다.

"이건 진호를 탓할 일이 아니거든? 수진이 니가 임신 핑계로 아예 손끝 하나 대지 못하게 한다면서? 진호가 돌부처가 아닌 이상 그걸 어떻게 참아? 솔직히 진호가 능력이 안 돼, 돈이 없어? 저만하면 생긴 것도 꽤 준수한 편이고. 모르긴 몰라도 나 못지않게 주변에서 유혹깨나 있을걸. 그런데도 그냥 야

동으로만 때우는 건 그만큼 널 아끼고 의리를 다하고 있다는 거니까 넌 오히려 감사하게 생각해야 돼."

하지만 혁준의 비호는 수진이의 귀에 전혀 닿지 않았다.

"당신이 말해봐요. 어떻게 된 거예요? 오빠 말 진짜예요? 당신 컴퓨터에 정말 그런 이상한 동영상이 있어요? 정말 그런 걸 본 거예요? 솔직하게 말해보라니까요!"

서슬 퍼렇게 날 선 목소리로 성진호를 아주 쥐 잡듯 한다.

하긴, 평소 세상에 여자라고는 수진이밖에 없다는 듯 지극 정성으로 사랑꾼 노릇을 한 성진호였으니 수진이의 입장에선 충격이 큰 거야 당연했다. 자신만 해도 성진호의 은밀한 취향에 적잖이 놀랐으니까.

어쨌거나 속 시원하다.

'흥! 그러게 감히 누굴 변태로 몰아?'

성진호에게야 좀 미안하지만 자신을 변태로 몰아가려 한 이 패씸한 누이에 대한 응징으로는 대만족이다.

옆에서 성질난 암고양이의 쥐잡이질이 더 거세지고 있었지만 그러거나 말거나 혁준은 다 무시하고 기분 좋게 기가글래스를 꼈다.

이거 괜찮다.

이어셋에 MP3 기능까지 있다.

지금 같은 상황에선 이보다 더 유용할 수가 없다.

혁준은 그렇게 세상으로부터 귀를 닫고 기가글래스로만 세상을 담았다.

해변을 뛰노는 젊은 청춘들의 모습은 그저 보는 것만으로 즐겁다.

물론 이 순간 그를 가장 즐겁게 하는 것은 비키니다. 특히 세계적인 휴양지로 거듭나고 있다는 그 명성에 걸맞게 곳곳에서 보이는 금발의 미녀들은 가히 일품의 아름다움을 뽐내고 있었다.

그런데 거의 반사적으로 줌 기능으로 손을 가져가려는 그 때였다.

눈앞에 펼쳐진 그 많은 아름다운 것들이 한순간 빛이 바래며 그보다 훨씬 더 아름답고 화려한 비키니가 나타났다.

"우와! 유경 언니 몸매 봐! 저 비율하며 저 볼륨감하며… 정장 차림일 때도 예사 몸매가 아닌 줄은 알았지만 동양인이 어떻게 저런 몸매가 가능한 거야?"

수진이가 쥐잡이질마저 잠지 미루고 질투 어린 목소리로 감탄을 토한다.

"오빠가 왜 그동안 여자한테 관심이 없었는지 이제 알겠네. 저런 여자가 옆에 붙어 있는데 할리우드 배우고 뭐고 누군들 눈에 들어오겠어?"

수진이의 짓궂은 말에도 혁준은 아무 대답 못 했다.

그 역시 차유경의 헐벗은 몸은 처음 보는 것이었고, 신선한 충격과 경이로움으로 차유경의 몸매를 감상하느라 정신이 없었으니까.

*   *   *

석양이 내리고 살며시 어둠이 스며드는 시각.

혁준과 그의 일행은 터덜터덜 펜션으로 향하고 있었다.

가족 휴가의 첫날은 생각지 않게, 꽤나 요란뻑적지근하게 보냈다.

요트도 타고 물놀이도 했다.

조용히 지내고 싶은 마음이 더 컸던 혁준이지만 오랜만의 휴가에 한껏 신이 난 바보 삼형제가 워낙에 설쳐대는 통에 엉겁결에 같이 어울려 놀게 된 것이다.

하지만 그렇게 하루를 요란뻑적지근하게 보냈는데도 지금이 순간 기억나는 거라곤 숨 막히도록 아름답던 차유경의 비키니뿐이다.

혁준의 눈길이 자연스럽게 차유경을 향했다.

무심결임에도 그 눈길이 뜨겁다.

그래서인지 수줍은 듯 얼굴을 붉히는 차유경이다.

그 모습이 왠지 더 섹시하게 느껴져 이젠 토해내는 숨결마

저 괜스레 덥다.

그런데 그때였다.

갑자기 저 멀리서 수십 개의 불빛이 번쩍이는가 싶더니 시끄러운 경적이 이어지며 십여 대의 검은색 승용차가 그들 일행의 앞에 섰다.

혁준은 그 즉시 눈살을 찌푸렸다.

저건 어떻게 봐도 의전 차량이다.

의전 차량이 그를 찾아왔다는 것은 일에 대한 건 다 잊고 한가로이 휴가를 즐기겠다던 그의 계획에 뭔가 예기치 않은 문제가 발생했다는 뜻이다.

아니나 다를까, '철컥' 승용차의 문이 열리며 윤태웅이 내려섰다. 그런데 그 직후 윤태웅의 뒤를 이어 내리는 두 남녀를 확인한 혁준의 눈에 의아함과 놀람이 담겼다.

'푸틴……'

푸틴이었다.

광활한 대지의 새 시대를 연 러시아연방의 황제, 그리고 그의 옆에 선 금발의 미소녀는…….

"대표님, 오랜만에 뵙습니다. 이 애는 제 여식인 푸리나입니다."

"에카테리나 푸리나예요."

그렇게 자신을 소개한 미소녀가 싱긋 웃으며 악수를 청해

온다.

통통 튄다고 할까, 풋풋하다고 할까.

푸틴의 딸 에카테리나 블라디미로브나 푸리나는 깊이 파인 보조개가 묘하게 사람을 유쾌하게 만드는 밝고 쾌활한 느낌의 소녀였다.

"그래서… 두 분께선 여기 어쩐 일이십니까?"

혁준이 푸틴을 보며 물었다.

얼떨결에 펜션 안으로 푸틴과 윤태웅을 들이긴 했지만 대체 이게 다 무슨 일인지 얼떨떨하기만 했다.

윤태웅이 대답했다.

"우리의 뜻을 러시아에 전했더니 대통령께서 이렇게 직접 오셨습니다. 한국은 물론이고 러시아에서조차 비서진 외에는 아무도 모르는 극비 방한이라 하더군요. 오직 회장님을 뵙기 위한 방한이시기에 휴가 중에 결례인 줄은 알지만 이곳으로 모실 수밖에 없었습니다.

"우리의 뜻이라뇨?"

"핵융합과 핵무기 말씀입니다. 두 가지 다 러시아를 제쳐두고는 논할 수 있는 문제가 아니기에 솔직하게 말씀드리고 도움을 청했습니다."

윤태웅의 말에 혁준이 불쾌한 듯 눈살을 찌푸렸다.

"나는 분명히 좀 더 심사숙고해 보겠다고 말씀을 드렸습니다만?"

자신이 뜻을 완전히 정하지 않았는데 이미 기정사실화해서 푸틴에게 알렸다는 게 기분 나빴다.

"상황을 미리 만들어놓고 절 떠밀어보겠다는 의도십니까? 그런 거라면 정말 크게 실수하신 겁니다."

혁준의 날 선 목소리에 윤태웅이 급히 손을 저었다.

"그럴 리가요. 절대로 그런 의도가 아닙니다."

감히 이 시대의 제왕을 상대로 어쭙잖은 수작을 부릴 만큼 무모하고 멍청한 사람이 어디 있겠는가.

"연락을 해온 것도 어디까지나 러시아가 먼저였습니다. 어떤 경로로 알게 된 건지는 모르겠지만 한국이 핵융합 관련해서 새로운 국제기구의 출범을 계획하고 있고, 거기에 회장님의 의사를 타진 중이라는 것까지 파악한 후 대통령께서 먼저 진행 상황을 문의해 왔습니다. 그 과정에서 핵무기에 대한 것까지 이야기가 나온 것인데, 어차피 러시아를 등지고는 사실상 진행이 불가능한 일들이기에 저희 입장에서는 차마 거짓말로 둘러댈 수가 없었던 거구요. 더함도 보탬도 없었습니다. 회장님께서 아직 심사숙고 중이라 아무것도 결정된 것이 없다는 것까지 분명히 말씀을 드렸습니다. 그랬는데도 이렇게 갑작스럽게 극비리에 방한을 감행하셔서 저로서도 얼마나 놀랐는지 모릅니다."

윤태웅의 얼굴을 보며 진위를 살피는 혁준이다.

하지만 그 얼굴에선 티끌만큼의 거짓이나 숨김도 보이지 않았다. 게다가 자신을 상대로 거짓 위선을 떨 위인은 아니라는 믿음이 있다.

혁준이 푸틴에게로 눈을 돌렸다.

"그럼… 제 뜻을 확인코자 이렇게 귀한 걸음을 하신 거군요?"

통역을 통해 그때까지의 대화를 모두 듣고 있던 푸틴이 고개를 끄덕였다.

"뜻은 정하셨습니까?"

"글쎄요… 그 일로 머리가 복잡해서 쉬러 온 거니까요. 만일 제가 한국과 손을 잡기로 하고 그 일을 추진하겠다고 하면 대통령께선 우리를 지지해 주실 의향이 있으십니까?"

"물론입니다."

"당연히 공짜는 아닐 테죠?"

공짜로 도와줄 생각이었다면 이렇게 급하게 그를 찾지도 않았을 것이다.

"지금 러시아에 건설 중인 경제특구, 거기에 대한 모든 권리를 러시아에 귀속시켜 주시는 조건이면 충분합니다."

푸틴의 말에 혁준이 눈살을 찌푸렸다.

푸틴이 대통령 선거에서 이길 수 있었던 것이 바로 기가스컴퍼니와의 합자 경제특구였다. 만일 혁준이 푸틴의 제안을 거절하고 경쟁자이던 루쉬코프와 손을 잡았다면 지금 러시아의 대통령은 분명 푸틴이 아니라 루쉬코프가 되었을 것이다.

그만큼 소비에트연방의 붕괴 이후 지독한 가난에 시달리던 러시아인들이었고, 그런 그들에게 경제특구는 생존과 미래가 걸린 가장 중요한 사업이었다.

비록 아직은 시작 단계에 불과하지만 광활한 대지에서 나오는 풍부한 천연자원과 우수한 인적 자원, 그리고 푸틴의 전폭적인 지원은 기가스컴퍼니의 기술력과 맞물려 어마어마한 시너지 효과를 기대하게끔 하고 있었다.

당연히 포기할 수 없다.

단순히 경제적 이득 때문만은 아니다. 러시아 경제특구에 대한 권리를 포기한다는 것은 러시아의 경제적 자립을 의미했고, 그건 곧 겨우 쥐고 있는 이 길들여지지 않은 망아지의 고삐를 손에서 놓게 된다는 뜻이다.

세상에서 가장 폭력적이고 제멋대로인 망아지를 더 이상 통제할 수 없게 된다면?

생각만 해도 벌써 골치가 아파온다.

"이거 좀 실망이군요."

혁준이 불쾌히 입맛을 다셨다.

"대통령과 처음 만난 날 러시아의 경제특구 건설을 돕는 조건으로 내가 원하는 것은 대통령의 마음이라고, 깊고 맹목적인 우방이 되어주길 바란다고, 그리하면 나도 또한 깊고 맹목적인 우정을 보여줄 것이라고. 그런데 대통령께선 그런 내 마음조차 계산기로 두들기셨나 보군요. 지난 대통령 선거 때의 빚은 내게 제공한 부시 정부의 비리 정보로 모두 상쇄되었다 생각하시는 겁니까? 그래서 이제 서로 간에 빚도 사라졌으니 공정하게 거래를 하자 이겁니까? 계산기로 두들겨서?'

혁준의 목소리에는 실망만큼이나 노기가 깃들어 있었다.

혁준이 이렇게까지 강경한 태도로 나올 줄을 몰랐던 푸틴의 얼굴에 작은 동요가 보였다. 하지만 미국과 더불어 세계 최강 군사대국의 군주인 푸틴이다. 이 길들여지지 않는 맹수가 뿜어내는 기운은 여전히 사납고 당당했다.

그런 푸틴을 보며 혁준이 말을 이었다.

"알겠습니다. 뭐, 대통령께서 제공해 주신 정보 덕분에 큰 위기를 벗어난 것이 사실이니 지난 빚은 충분히 상쇄되었다 할 수 있겠죠. 대통령께서 마음이 아니라 계산기를 두들기길 원하신다면 나 또한 그렇게 하겠습니다. 러시아의 계산기 숫자는 이미 보았고⋯ 그럼 이제 우리 쪽 계산기를 두들겨 볼 차례군요. 결과는 계산이 끝나는 대로 알려 드리도록 하죠."

*　　　*　　　*

'내가 너무 성급했나?'

혁준과의 이야기를 마치고 윤태웅이 마련해 준 호텔로 돌아온 푸틴은 소파에 몸을 묻으며 미간을 찌푸렸다.

러시아 연방보안국(FSB)으로부터 한국 정부가 과학기술부의 주도하에 혁준과 더불어 새로운 핵융합 국제기구의 창설을 도모한다는 정보를 듣고 윤태웅에게 바로 연락을 취한 그였다.

그리해 윤태웅으로부터 새로운 핵융합 국제기구의 창설과 한반도 핵무장에 혁준이 적극 개입하게 될지도 모른다는 소식을 들었다. 그때 그가 가장 먼저 떠올린 것은 러시아의 경제 자립이었다.

러시아에 경제특구 건설이 시작될 때만 해도 최소 20년을 내다봤다. 지금이야 가난한 러시아의 허기진 배를 채우기 위해 절반의 권리를 포기했지만 20년 안에 무슨 수를 써서라도 기가스컴퍼니의 울타리를 벗어나리라 결심했다.

기가스컴퍼니의 울타리 안에 머물러 있는 한 러시아는 결국 기가스컴퍼니의 들러리밖에 되지 못할 테니까.

기가스컴퍼니의 울타리를 벗어나지 못하는 한 지난날 세계를 양분한 세계 최강대국의 영광은 영영 되찾아오지 못할 테니까.

그런데 20년을 기약한 그 기회가 생각 외로 일찍 찾아왔다.

현 핵융합로 국제기구인 ITER에서 러시아가 쌓아온 입지, 핵무기 관련으로 동아시아에서 가지는 러시아의 영향력이라면 혁준이 하고자 하는 일에 큰 힘이 될 수 있을 것이고, 그것이라면 러시아의 경제적 자립과 충분히 딜이 가능하다 계산이 선 것이다.

'더구나 미국이 부시 사태로 그 입지가 크게 흔들리는 이때, 우리가 경제적 자립을 이루어 세계의 중심으로 크게 걸음을 내디딘다면 새로운 힘의 질서를 만들어내지 못할 것도 없지 않은가!'

그래서 급하게 이곳으로 날아왔다.

새로운 핵융합 국제기구의 창설과 한반도의 핵무장을 전폭적으로 지지하는 조건이라면 러시아의 경제적 자립 정도는 충분히 얻어낼 수 있다고 판단했다.

그런데 혁준의 반응이 기대한 것과는 너무 달랐다.

"대통령께서 마음이 아니라 계산기를 두들기길 원하신다면 나 또한 그렇게 하겠습니다."

혁준의 그 말에 왠지 가슴이 서늘했다.

"러시아의 계산기 숫자는 이미 보았고… 그럼 이제 우리 쪽 계산기를 두들겨 볼 차례군요. 결과는 계산이 끝나는 대로 알려 드리도록 하죠."

혁준이 내놓을 계산이란 것이 그가 기대하던 것과는 전혀 다른 것일지도 모른다는 불길한 예감에 왠지 숨이 턱 막혀왔다.

이해가 안 된다.

핵융합이든 핵무장이든 러시아를 빼고 생각할 수 있는 상황이 아니다. 막말로 그가 땡깡을 부리기로 작정한다면, 그래서 프랑스와 손잡고 새로운 국제기구의 창설을 방해한다거나 중국과 입을 맞춰 한반도의 핵무장을 극렬하게 반대한다면, 설혹 혁준이 가진 힘으로 끝끝내 그 일을 이루어낸다고 하더라도 그로 인해 허비될 시간과 돈과 공을 생각하면 러시아 경제특구의 권리쯤은 헐값이라 할 수 있었다.

그런데도 혁준은 전혀 양보할 뜻이 없어 보였다.

오히려 숨김없이 불쾌한 기색을 드러냈다.

단지 그 순간 자신의 요구가 기분이 나빴던 것일까?

아니면.

"뭔가 다른 믿는 구석이라도 있는 것인가?"

해답은 그로부터 이틀이 지난 후 나왔다

혁준이 그를 자신의 펜션으로 부른 것이다.

불안과 상념으로 지루한 시간을 보내던 그때 혁준의 연락을 받은 그는 지체하지 않고 혁준의 펜션으로 달려갔다.

그런데 혁준은 그만 부른 것이 아니었다.

그곳에는 윤태웅 외에 낯익은 얼굴이 셋이나 더 있었다.

'미키 캔터……'

부시가 탄핵되고 부시 정부의 핵심 인사들이 모조리 파직, 구속된 상황에서 부시 행정부 반대파의 수장으로 명실공히 미국의 44번째 대통령이 확실시되고 있는 미키 캔터와 프랑스의 지크 사라크, 그리고 독일의 슈뢰더 총리가 먼저 와 자리를 차지하고 있는 것이다.

놀라운 일이었다.

한국의 이 작은 섬에, 그것도 볼품 하나 없는 허름한 펜션에 지금 세계 최강국의 수장들이 모여 있는 것이다.

하지만 놀랍기는 해도 믿을 수 없거나 황당무계하진 않았다.

바로 이곳에 권혁준이란 사내가 있으니까.

권혁준이란 사내라면 세계 최강국의 수장들을 한자리에 불러 모으는 것이 능히 가능한 일이니까.

다만 대체 무슨 이유로 이 대단한 자들을 한자리에 불러 모았냐는 것이다.

분명 계산기를 두드려 보고 알려주겠다고 한 그 말과 무관한 게 아닐 것이기에 마음이 여간 께름칙한 것이 아니었다.

하지만 애써 께름칙한 속마음을 감추고 그를 위해 준비된 의자에 앉았다. 그러자 혁준이 바로 입을 열었다.

"제가 여러분을 이렇게 모신 것은 현재 기가스컴퍼니에서 극비리에 진행 중인 프로젝트 하나를 공개하기 위해서입니다."

혁준의 말에 모두가 의아한 표정을 했다.

"극비리에 진행 중인 프로젝트라니요? 대체 그게 무엇입니까?"

출원하는 기술마다 세상을 놀라게 하는 기가스컴퍼니다. 그런 기가스컴퍼니가 극비리에 진행 중인 프로젝트라니? 대체 얼마나 놀라운 것이기에 세계 최강국의 수장들을 불러 모아놓고 공표를 하는 것일까?

그렇게 호기심과 불안, 기대로 일렁이는 눈들을 보며 혁준이 말했다.

"크게는 우주 개발이고, 1차적으로는 달 기지 건설이며, 자세히는 차세대 에너지원인 헬륨3 채취입니다."

순간, 모두가 눈살을 찌푸렸다.

지금 시대에 우주 개발은 그다지 특별할 것도 없는 일이었다. 달 기지 건설이나 헬륨3 채취도 이미 각국에서 진행 중인 장기 프로젝트 중 하나였다. 기가스컴퍼니 정도 되는 회사가 거기에 발을 들였기로서니 딱히 대수로울 것도 없는 일인 것이다.

무슨 대단한 혁신 기술이라도 발표할 거라 생각하던 그들로서는 실망일 수밖에 없었다. 하지만 이어진 혁준의 말에 그들의 실망은 황당함과 경악으로 바뀌었다.

"5년입니다. 5년이면 모든 준비가 끝날 것이고, 그때부터 연간 200톤의 완벽히 정제된 헬륨3의 확보가 가능할 것이란 분석이 나왔습니다. 물론 채집량은 차츰 더 늘려갈 계획이구요."

"그게 무슨… 불가능한 일입니다. 우주 개발의 가장 선두에 있는 우리 미국도 달 채굴 기지 건설에만 20년을 잡고 있습니다. 거기에 채집과 정제, 운반까지… 비용에 대비해서 실질적인 이득을 창출할 수 있는 정도의 헬륨3 확보가 가능하기까지는 얼마나 더 걸릴지 기약도 할 수 없는 일인데……."

"우리 기가스컴퍼니는 미국이 아니니까요. 여러분의 눈엔 제가 가능하지도 않은 일을 떠벌릴 그런 실없는 사람으로 보이십니까?"

세계를 영도하는 수장들의 면면을 지그시 훑어가는 혁준

의 눈길은 여유로웠다. 그 여유로움이 모두의 마음속에 불신 대신 '어쩌면'이란 가정을 키웠다.

그렇게 혼란스러워하는 그들을 보며 옅은 미소를 입가에 띤 혁준이 그제야 그들을 불러 모은 진짜 목적을 풀어내기 시작했다.

"다시 한번 말씀드리지만 저희 기가스컴퍼니는 헬륨3를 확보할 수단을 마련했습니다. 거의 완성 단계에 있고 이제 곧 실용화를 시작할 것입니다. 그것이 무엇인지는 극비 사항이기에 말씀드리지 못하는 점 양해를 부탁드립니다."

혁준의 말에 미키 캔터가 얼떨떨한 표정으로 말했다.

"솔직히 미스터 권의 말씀을 그대로 받아들이기에는 여러 가지로 믿기 힘든 점이 많군요."

"증거를 원하신단 말씀입니까?"

"기가스컴퍼니에서 우주 개발을 시작했다는 것도 처음 듣는 일인 데다 5년 내에 200톤의 헬륨3 확보가 가능할 정도라면 달 기지 건설이나 탐사, 그 외에 필요한 물자를 실어 나를 우주선을 이미 쏘아 올렸어야 하는 일이 아닙니까? 한데 그런 보고는 받은 적이 없습니다. 극비리에 진행 중인 일이라고 해도 적어도 여기 계신 분들께는 그 진척 상황만이라도 알려주셔야 하지 않겠습니까?"

여기 모인 자들 중 혁준에게 가장 호의적인 미키 캔터의 의심이 이 정도라면 다른 이들이야 말할 것도 없다.

혁준이 핵융합로에 대해 관심이 있다는 걸 꿰뚫고 핵융합 연구소의 설립과 새로운 국제기구의 창설을 먼저 제시한 윤태웅조차도 반신반의하는 모습이었다.

미키 캔터의 말에 혁준이 고개를 끄덕였다.

"좋습니다. 확실한 증거가 없이는 대화의 진전이 없을 듯하니… 수일 내로 여러분께 달에서 채취한 소량의 헬륨3를 보내 드리면 되겠습니까?"

"그게 무슨… 달에서 채취한 헬륨3라니? 그럼 벌써 우주선을 달에 보내기라도 했다는 말씀입니까? 그럴 리가… 정보국이 그런 걸 놓쳤을 리가 없는데……."

미 정보국뿐만이 아니다. 프랑스도, 독일도, 심지어 정보력이라면 오히려 미국보다도 앞선다고 자부하는 러시아도 까마득히 몰랐던 사실에 어안이 벙벙한 표정의 푸틴이 보였다.

물론 우주선 같은 건 날린 적이 없다. 애초에 우주선 자체를 만든 적도 없고 앞으로 만들 생각도 없다. 단지 그에겐 당장에라도 달에서 헬륨3를 가져올 수 있는 양자이동장치가 있을 뿐이다.

물론 당연하게도 이들에게 그런 걸 말해줄 이유는 없다.

"말씀드리지 않았습니까? 극비리에 진행 중인 프로젝트라고. 그런 거대 프로젝트라도 감추고자 작정한다면 세상의 눈쯤은 얼마든지 피할 수 있는 것이 기가스컴퍼스라는 걸 잊지 말아주셨으면 좋겠군요."

"……."

"단언컨대 기가스컴퍼니의 우주 개발은 여러분이 감히 상상도 못 할 만큼 아주 높은 수준에 이르러 있습니다. 5년 후부터 완벽히 정제된 200톤의 헬륨3를 확보 가능하다고 한 것도 결코 과장이나 허언이 아닙니다. 그래서 여러분을 이렇게 모신 것입니다. 다들 아시다시피 헬륨3는 핵융합과 차세대 에너지원으로서 가장 이상적인 연료입니다. 수년 내에 석유와는 비교도 안 될 만큼 뛰어난 에너지원의 확보가 가능해진 만큼 핵융합로의 개발에 좀 더 박차를 가할 필요가 있다고 판단했습니다. 그래서 이 자리를 빌려 여러분께 한 가지 제안을 하고자 합니다. 핵융합로 개발을 위한 새로운 국제기구의 창설이 바로 그것입니다."

이미 어느 정도는 짐작하고 있었다는 듯 미키 캔터와 푸틴에게선 별다른 동요가 보이지 않았지만 독일의 슈뢰더와 프랑스의 지크 사라크는 놀란 기색이 역력했다.

지크 사라크가 바로 반발했다.

"이미 핵융합로 국제기구인 ITER가 충실히 그 역할을 하고 있는데 새로운 국제기구라니요?"

"저는 헬륨3의 확보가 가능한 5년 후에 맞춰 핵융합로를 완성시킬 생각입니다. 그러자면 20년 후, 30년 후를 보고 개발을 진행 중인 ITER로는 역부족인 것이 사실입니다."

"5년이라니… 터무니없는 일입니다. 아무리 기가스컴퍼니의 기술력이 뛰어나다고 해도 핵융합은 지금까지 기가스컴퍼니가 일구어온 사업들과는 완전히 다른 분야입니다."

"완전히 다른 분야라는 건 알고 있습니다. 만일 같은 분야였다면 여러분을 이렇게 모셔서 구구한 이야기를 나눌 것도 없이 기가스컴퍼니 자체적으로 핵융합로를 완성시켰겠죠. 그렇기 때문에 새로운 국제기구를 창설해서 ITER가 일구어온 기술과 노하우, 관련 분야 최고의 연구진을 빌리려는 겁니다."

거기에 자신의 미래 기술을 보태면 5년 안에도 핵융합로의 완성이 충분히 가능하다 판단했다.

"저희 기가스컴퍼니는 그 성공을 위해 금전적, 물질적, 기술적 지원을 아낌없이 쏟아부을 작정입니다. 그리고 새 기구에는 여러 가지로 걸리적거리는 게 많은 ITER의 현 시스템을 버리고 핵융합로의 5년 완공 프로젝트를 위해 최적화된 시스템을 구축할 생각이구요. 미리 밝혀두는 것입니다만, 설혹 여러분이 이에 동의하지 않더라도 저희의 계획에는 변함이 없을 것입니다. 한국과 더불어 핵융합로 개발을 위한 새 국제기구를 창설할 것이고, 5년 완공을 목표로 계획을 추진할 것입니다."

"……."

"물론 쉽지는 않겠죠. 5년으로는 턱없이 부족할지도 모릅니다. 하지만 이것 하나만큼은 장담할 수 있습니다. 그 새 기구의 회원국이 한국뿐이라 할지라도 ITER보다는 빨리 핵융합로를 완성시킬 수 있다는 것, 그리고 ITER가 핵융합로를 완성했을 때쯤에는 새 기구를 중심으로 이미 전 세계의 에너지 체계가 완전히 달라져 있을 거라는 것. 물론 헬륨3도 그 새 기구가 독과점을 하고 있는 상태일 테죠. 자, 어떻게 하시겠습니까? 새로운 국제기구의 창립 멤버가 되시겠습니까, 아니면 후발 주자인 저희와 한번 경쟁을 해보시겠습니까?"

그들에게는 선택의 여지가 없는 일이었다.

그건 지금껏 ITER를 이끌어오며 앞으로 핵융합 산업에 가장 큰 지분을 확보하고 있는 프랑스라고 해도 크게 다르지 않았다.

아직도 모든 것이 얼떨떨하고 황당하지만 지금까지 혁준이 일구어온 것들을 생각하면 혁준의 말을 믿지 않을 수도 없는 노릇, 만일 혁준의 말이 절반만이라도 사실에 근거한 것이라면 그의 제안을 도저히 뿌리칠 수가 없다.

그도 그럴 것이, 현재의 ITER로 핵융합로를 완공하기까지는 최소 20년이다. 거기에 헬륨3의 상용화가 가능할 정도로 우주 개발이 성장하려면 50년이 걸릴지 100년이 걸릴지 알 수 없는 일이다.

'그때쯤이면 새 기구를 중심으로 세계의 질서가 완전히 재편되어 있을 테니⋯⋯.'

그렇게 되면 새 기구의 창립 멤버와 일반 회원국, 그리고 회원조차 되지 못한 나라의 운명은 극명하게 갈리게 될 것이다.

그렇게 계산이 끝나가는 그들의 면면을 훑으며 혁준이 덧붙였다.

"이젠 충분히 제 마음을 아셨으리라 생각합니다. 제가 여러분을 이 자리에 모셔 이런 이야기를 꺼낸 것이 여러분에 대한 제 지극한 호의라는 것을 말입니다. 그리고 새 기구의 창립 멤버가 된다는 것이 얼마나 큰 기회인지도 말입니다. 그러니 부디 저와 함께 새로운 세상을 여는 데 큰 힘을 보태주시길 바랍니다."

지금까지의 조금은 도발적이고 도전적인 태도와는 달리 이 순간 혁준의 말투는 정중하면서도 공손했다.

어차피 선택의 여지가 없는 그들에게 최대한 강요가 아닌 요청의 형식을 빌려 마지막 자존심을 챙겨주기 위함이다.

어쨌거나 세계를 영도하고 있는 최강대국의 영수들이고

앞으로 큰일을 같이 해나가야 할 동지들인데 기분 나쁠 정도로 몰아붙여서 좋을 게 없는 것이다.

"음, 물론 미스터 권의 호의와 뜻은 충분히 감사한 일입니다만, 이 일은 여기서 간단히 결정을 내릴 수 있는 문제가 아니군요. 저 혼자서 처리할 수 있는 일도 아니구요."

"당연히 그렇겠지요. 돌아가서서 신중히, 그리고 차분히 생각해 보시고 연락 주십시오. 그리고… 장관님."

혁준이 미키 캔터를 보았다.

"이번에 그간 미국 내에서 취해진 기가스컴퍼니에 대한 모든 부당한 조처가 해제되었다고 들었습니다. 장관님께서 크게 힘을 써주신 덕분이라는 것도요."

"뭘요. 당연히 제가 해야 할 일인 것을요. 지난 정부로 인해 기가스컴퍼니가 입은 손해도 충분히 보상하는 방향으로 검토하고는 있습니다. 그러니… 예전처럼 미국에서 활약하시는 미스터 권의 모습을 다시 뵐 수 있게 되었으면 좋겠군요."

권혁준이란 사내의 가치를 오늘 다시 확인하고 보니 새삼 그 마음이 더 간절해졌다.

헬륨3를 현 시세로 환산하면 1톤에 무려 40조였다. 연간 200톤의 헬륨3를 얻을 수 있다고 했으니 헬륨3만으로 8천 조라는 천문학적인 돈을 벌어들일 수 있다는 계산이 나온다.

연간 8천 조, 거기에 핵융합로가 완성되어 헬륨3가 차세대 에너지원으로 자리 잡게 되면 그 절대적인 권력까지 등에 업게 될 것이 불을 보듯 뻔하다.

이제 더 이상 미국의 대통령이 세계의 왕이 아님을 인정할 수밖에 없었다.

세대와 국가를 초월한 시대의 최고 권력자는 명실상부 이권혁준이란 사내였다.

그 어마어마한 자산을 미국은 스스로 내친 것이다.

'어리석은 대통령의 어리석은 아집 탓에.'

부시를 원망해 본들 한참이나 때늦은 후회와 아쉬움일 뿐이다.

이제 자신이 할 일은 바뀐 세상을 인정하고 그 속에서 미국의 잃어버린 자긍심을 되찾는 것이었다.

'그러자면 이 사내의 손을 꼭 붙들고 있어야 한다!'

그렇게 생각하고 보니 새 기구의 창립 멤버로 간택된 것이 얼마나 다행인지 모르겠다.

그건 이 자리에 모인 모두의 생각이 별반 다르지 않았다.

혁준이 내준 문제를 무거워하기도 하고 때론 야속해하기도 하지만 그들 모두의 공통된 감정 하나는 이 자리에 불린 것에 대한 안도였다.

아니, 딱 한 명만은 예외였다.

모두가 그렇게 안도하며 자리를 떠난 중에도 유독 혼자 남아 혁준을 보고 있는 사내.

푸틴이었다.

혁준이 난데없이 각국 대통령을 불러 전격적으로 새 국제 기구의 창설을 선언한 이유를 알고 있었다. 헬륨3니 우주 개발이니 굳이 당장 하지 않아도 될 말까지 구구절절 읊어댄 이유도 알고 있었다.

그와 자신 중에 누가 갑이고 누가 을인지, 이 구역의 미친 놈이 진정 누구인지 일깨워 주기 위해서이다.

"그러고 보니 우리 사이에는 아직 계산할 것이 더 남아 있었군요."

아니나 다를까, 그렇게 운을 떼며 갑질을 시작하는 혁준이다.

"전날 그러셨죠? 핵융합 새 국제기구의 창설과 한국의 핵무장을 지지해 주는 조건으로 러시아에 건설 중인 경제특구의 모든 권리를 러시아에 귀속시켜 달라고. 그래서 저는 이렇게 말씀드렸죠. 우리 쪽 계산기도 두들겨 보고 알려 드리겠다고. 그래서 계산기를 두들겨 봤습니다. 한번 들어보시겠습니까?"

"……"

"우리 쪽 계산으로는 러시아가 우리를 지지해 주는 조건으로 러시아 경제특구의 권리를 넘기는 것은 상당히 합당한 거래라는 것입니다."

혁준의 말에 의외라는 표정의 푸틴이다.

"그럼 경제특구의 모든 권리를 러시아에 귀속시켜 주시겠다는 말씀입니까?"

"예, 그렇게 하겠습니다."

혁준의 확답에도 기대의 한편으로 혹시나 하는 불신이 교차한다.

그런 푸틴을 보며 살짝 입꼬리를 말아 올린 혁준이 말을 이었다.

"그 문제는 그럼 그렇게 하기로 하고, 그럼 이제 다른 계산으로 넘어가 볼까요?"

"다른 계산이라면……?"

"새 국제기구의 창립 멤버로 합류하실지 마실지 그것을 정해보자는 거죠."

"……."

"물론 공짜는 아닙니다. 마음을 주고받는 사이도 아닌데 세상에 공짜가 어디 있겠습니까?"

"그래서… 내게 뭘 원하시는 겁니까?"

"러시아 경제특구의 모든 권리."

푸틴이 눈을 사납게 부릅떴다.

"창립 멤버 자리와 경제특구의 권리를 다시 맞바꾸자는 겁니까?"

"맞바꾸자는 게 아닙니다. 아직 그것으로는 우리 쪽 계산을 다 충족시키기에 턱없이 모자라니까요. 러시아의 경제특구가 다른 나라의 것과는 많은 부분 다르다는 건 대통령도 아실 겁니다. 가장 큰 차이점이 권리는 가지되 권한은 갖지 않은 것이었죠. 그건 대통령에 대한 제 나름의 호의의 표시였구요."

그래서 러시아의 경제특구에는 혁준을 중심으로 하는 위원회도, 관리국도 따로 설치되어 있지 않았다. 모든 권한과 권력은 러시아 정부에 속해 있었다.

"하지만 그런 호의가 이젠 의미가 없게 되어버린 이상, 다른 나라와의 형평성을 고려해서 경제특구의 권한도 저희가 갖겠습니다. 그리고 마지막으로 하나 더, 한국과 마찬가지로 경제특구의 자위권도 약속해 주십시오. 그럼 기꺼운 마음으로 새 기구에 러시아를 위한 자리를 마련해 드리도록 하겠습니다. 이것이 우리 측의 계산인데, 어떻습니까? 거래를 하시겠습니까, 아니면 러시아 측의 다른 계산을 한번 들어볼까요?"

푸틴으로서는 그저 어이가 없을 뿐이다.

권리와 권한, 거기에 자위권까지.

하나를 욕심냈다가 세 개를 다 뺏기게 생겼다.

그런데도 한마디 반박도 할 수 없다.

그러기에는 혁준이 내건 미끼가 너무 크고 탐스러운 것이다.

푸틴의 선택은 결국 러시아 경제특구의 모든 권리와 권한, 자위권까지 혁준에게 내어주고 새로운 핵융합 국제기구의 창립 멤버 한 자리를 꿰차는 것이었다.

혁준이 보여준 우주 개발의 비전과 차세대 에너지원인 헬륨3의 가치를 생각하면 달리 선택의 여지가 없는 일이었다.

사실 혁준으로서는 많이 양보한 것이었다.

푸틴이 배은망덕하게 경제특구의 권리를 욕심낸 것이 괘씸했지만, 그래서 푸틴의 건방짐을 밟아주고자 우주 개발과 헬륨3에 대해 전격적으로 공표한 것이지만 그럼에도 푸틴은 궁지로 끝까지 내몰기에는 부담스러운 인물이었다. 그리고 러시아는 다른 후환거리를 미연에 방지하는 의미에서라도 가능하면 안고 가는 것이 좋았다.

그런 걸 생각 않고 성질대로 했다면 애당초 푸틴은 이 자리에 부름을 받지도 못했을 것이고, 러시아는 소비에트연방이 해체된 이후 가장 열악하고 가장 춥고 배고픈 현실로 내몰려야 했을 것이다.

푸틴으로서는 혁준에게 한 그 배은망덕에도 불구하고 이 자리에 부름을 받은 것이 정말이지 천만다행한 일이 아닐 수 없었다. 그걸 알기에 혁준의 고압적인 태도에도 일언반구 불만을 토로하지 못한 채 그저 고개만 떨구고 있었다.

'뭐, 이만하면 이 구역의 미친놈이 누군지, 누가 갑이고 을 인지는 확실하게 깨달았겠지.'

그거면 충분했다.

아니, 오히려 푸틴이 욕심을 부려줘서 고맙기까지 했다.

어차피 러시아가 차지했을 자리이다.

푸틴이 경제특구의 권리에 욕심을 내준 덕분에 어차피 러 시아에게 돌아갔을 자리로, 생각지도 않은 권한과 자위권까 지 얻어냈다.

러시아 경제특구의 자위권은 한국 경제특구의 자위권과는 실질적 무력의 확보 면에서 차원이 다를 수밖에 없다.

현재 여섯 개 도시에서 건설 중인 경제특구는 한 개 도시의 크기가 한국 전체 면적의 몇 배에서 수십 배에 달했다. 그런 만큼 군대를 양성하는 것부터 대량 살상 무기의 실전 배치까 지 한국보다 훨씬 더 자유롭고 용이할 수밖에 없다.

더 고무적인 일은 러시아의 상징성이다.

러시아, 그 폐쇄적인 나라에서 경제특구의 자위권을 인정해 줬다는 것은 다른 나라의 경제특구에도 충분히 기준점을 제시할 수 있는 근거가 된다는 것이다.

'잘만 하면…….'

세계 각국에 자신만의 군대를 만들 수 있었다.

거기에 자신이 가진 돈을 무한으로 투자한다면 경제력은 물론이고 군사력에서도 새로운 개념의 지배 체계를 구축할 수 있을지도 모른다.

'그런 면에서 러시아는 버리기 아까운 카드긴 한데…….'

러시아가 그동안 양적, 질적으로 구축해 온 각종 전쟁 무기에 대한 노하우와 기술력을 나눠 받을 수만 있다면 훨씬 더 빨리, 훨씬 더 수월하게 자신이 구상하는 바를 실현시킬 수 있을 것이다.

'뭔가 선물이라도 하나 보내서 마음 좀 풀어줘야 하려나?'

하지만 마땅한 선물이 떠오르지 않았다.

그렇다고 이 모든 구상의 시발점인 러시아 경제특구의 자위권을 되돌려줄 수도 없는 노릇.

그런데 그렇게 혁준이 푸틴의 마음을 풀어줄 선물을 고심하고 있을 때다.

다음 날 아침, 차유경이 생각지 않은 손님의 방문 소식을 가지고 왔다.

"밖에 누가 왔다구요?"

"에카테리나 푸리나가 당분간 이곳에 머물고 싶다며 찾아 왔어요."

에카테리나 블라디미로브나 푸리나.

푸틴이 가장 아끼는 그의 막내딸.

뜬금없다 못해 생뚱맞기까지 한 소식에 얼떨떨해하며 거실로 나오자 현관문 앞에서 금발의 소녀가 혁준을 향해 환하게 웃어 보인다.

"영애께서 여긴 왜… 대통령께선 이미 러시아로 떠났다고 들었는데?"

혁준의 질문에 푸리나 옆의 여비서가 대답했다.

"영애께서 한국에 온 건 대통령과는 별개로 방학 동안 견학과 여행이 목적입니다. 한국의 경제 상황은 러시아로서는 여러 가지로 보고 배울 점이 많으니까요. 하지만 워낙에 귀하게 여기는 따님이시다 보니 걱정이 많으셨습니다. 그래서 특별히 대표님께 부탁하셨습니다. 대표님 곁에서라면 보고 배우는 것도 훨씬 많을 것이고 또한 대표님만큼 안전한 울타리도 없으니까 말입니다."

"그러니까 나더러 영애분을 맡아달라는 겁니까? 방학 동안?"

"예, 물론 어디까지나 대표님께서 허락을 하셔야 하는 일입니다만… 대표님께서 불편하시다면 안 되는 일이겠죠."

혁준이 새삼스러운 눈으로 푸리나를 보았다.

정말이지 보는 것만으로도 눈이 즐거운 금발의 미소녀이다.

풍겨 나오는 에너지가 참 밝고 풋풋하면서도 열여덟이라는 나이가 무색하게 육감적인 몸매에선 묘한 색기가 흐른다.

'이거 또… 뭐 그렇고 그런 수작인 건가?'

세계 각국을 돌아다닐 때마다 접하게 되는 미인계라든가 정략적 맞선 자리라든가, 정치인이고 경제인이고 할 것 없이 과년한 딸자식이 있는 자들이라면 딸자식을 내세워 일단 들이밀고 보는 경우가 허다했다.

그래서 새삼스럽지는 않았다.

다만 그 상대가 푸틴이라는 게 조금 의외일 뿐이다.

그 자존심 강한 인간이 세 딸 중 가장 애지중지한다고 알려진 푸리나를 내세운 것도 뜻밖이다.

'그 양반이 급하긴 급했던 모양이로군. 하긴, 내 눈 밖에 나는 게 어떤 건지 이번에 확실하게 깨달았을 테니…….'

아니, 그녀를 한국에 대동하고 온 걸 보면 어쩌면 푸리나와 혁준에 대한 계산은 처음부터 하고 있었는지도 모른다. 단지 이렇게까지 노골적이고 낯간지러운 방법은 아니었을 것이다. 그 정도로 반죽이 좋은 인사가 아니었다.

그럼에도 이렇게까지 뻔히 보이는 수작질을 한 것은 무거운 체면과 높은 자존심을 버리면서까지 혁준에게 매달려야 할 만큼 전날 받은 충격이 컸다는 뜻이다.

"허락해 주시겠습니까?"

비서가 재차 대답을 구했다.

아무리 세상 거칠 것 없는 혁준이라지만 상대가 러시아 대통령의 영애이다. 또한 러시아 대통령이 특별히 부탁까지 한 일이다.

어찌 거절을 할까.

'더구나 저렇게 예쁘기까지 한데……'

저렇게 예쁜 소녀가 혹시나 거절하면 어쩌나 사슴 같은 눈망울로 자신을 올려다보고 있는데.

혁준이 고개를 끄덕였다.

"귀하신 손님이 찾아주셨는데 저희로서야 그저 영광입니다."

혁준의 흔쾌한 승낙에 그 즉시 환하게 웃는 푸리나이다.

마치 주변 공기마저 밝게 만드는 그 웃음에 잠시 얼이 빠져 있는데, 그런 혁준을 보며 푸리나가 꽤나 유창한 한국어로 말했다.

"고마워요, 오빠."

"오, 오빠?"

"한국 남자들은 오빠라 하면 다들 좋아한다고 하던데요? 왜요? 싫으세요?"

"아, 아니, 그럴 리가요."

이렇게 예쁜 소녀가 오빠라 불러주는데 싫을 리가 있나.

그저 눈이 즐겁고 귀도 즐거워서 헤죽헤죽 경박한 웃음을 감추기가 어려울 뿐이다.

*　　　*　　　*

푸틴으로부터 특별히 언질을 받은 건지 아니면 자신에게 정말로 남다른 관심이 있는 건지는 모르겠지만 휴가 일정 내내 혁준에게 딱 붙어서 떨어지지 않는 푸리나이다.

그런데도 전혀 부담스럽거나 귀찮지 않았다.

오히려 그저 곁에 있는 것만으로도 사람을 유쾌하게 만드는 묘한 매력이 있었다. 어떻게 그 인간 백정 같은 푸틴에게서 이런 딸이 나올 수 있었는지 신기하기까지 했다.

덕분에 잠시 가라앉은 모처럼의 휴가 분위기가 다시 살아나서 모두가 즐거운 한때를 만끽하고 있었다.

"언니, 괜찮아요?"

수진이가 해변을 보며 차유경의 눈치를 살핀다.

그녀의 눈이 향한 곳에는 아직 아침이라 한적한 백사장을 느긋이 거닐고 있는 혁준이 있었다. 그리고 혁준의 곁에는 푸리나가 있었다.

때론 옆에서 마주 걷기도 하고, 때로는 몇 걸음 앞에서 뒷걸음을 하며 눈을 마주하기도 하고, 또 때로는 어린아이처럼 총총 뜀걸음을 하며 밝게 웃기도 한다.

예쁜 그림이다.

보는 것만으로도 절로 흐뭇한 미소가 지어질 만큼 풍경도, 공기도, 사람도 예뻤다.

푸리나가 왜 여기 왔는지, 푸틴이 어떤 의도로 그녀를 혁준의 곁에 머물게 했는지 정도는 충분히 짐작하고 있다.

혁준을 향한 그 같은 추파와 구애는 권수진 또한 숱하게 봐온 것이다.

하지만 지금까지와는 어딘지 분위기가 달랐다.

아무리 대단한 집안의 여식이라고 해도, 아무리 뛰어난 미모의 여인이라고 해도 항상 적정선을 지킨 혁준이다.

더하지도 덜하지도 않을 만큼 딱 그만큼의 거리를 유지한 채 남녀의 선을 넘지 않던 혁준이 신기하게도 푸리나에게만큼은 너무도 간단히 곁을 내어준다.

그래서 차유경이 신경 쓰였다.

다른 사람은 몰라도 그녀만큼은 혁준에 대한 차유경의 마음을 아니까.

사업상 파트너이자 가장 믿을 수 있는 직장 상사 그 이상의 감정이 어느 순간부터 차유경의 마음에 뿌리 내린 것을 그녀만큼은 알고 있었다.

그녀가 보아온 차유경은 혁준에게 있어 더할 수 없이 든든한 조력자였고, 혁준의 그 숱한 기행과 파행에도 흔들림 없이 올곧게 방향키를 잡아준 현명한 조타수였다.

수진은 둘이 잘되었으면 싶었다.

아니, 그들이 서로에게 보여주는 신뢰란 것은 피붙이인 자신조차 감히 끼어들 수가 없을 만큼 두텁고 단단한 것이었기에 당연히 잘될 줄 알았다.

그런데 변수가 생겼다.

"아무리 남자란 동물이 어린 여자에게 약한 법이라지만 오빠까지 저럴 줄은 정말 몰랐네요. 그래도 너무 마음 쓰지 마요. 오빠 성격에 정략 같은 걸로 여자를 만나지는 않을 테니까."

수진이 나름의 위로를 그렇게 건네자 차유경이 고개를 저었다.

"정략은 당연히 필요한 일이에요. 예부터 모든 왕조는 정략을 통해서 왕권을 강화하고 영토를 지켜왔으니까요. 하물며 대표님은 '세계'라는 그 넓은 영토의 주인이 되고자 하시는 분이에요. 그리고 러시아는 그 넓은 영토를 지키고 다스릴 수 있는 강력한 무기가 되어줄 수 있는 곳이구요. 대표님이 러시아와 혈연으로 맺어진다면 그 파급력은 정말이지 상상을 초월할 거예요."

새로운 시대의 에너지를 수중에 쥐고 세상에서 가장 강력하고 무식한 군대를 등에 업는다.

그 막강함은 그 자체로 이미 정복이었다.

수백 년, 아니, 수천 년을 이어갈 그 강력한 정복왕조 앞에 세계가 머리를 조아리게 될 것이다.

'대표님이 푸리나 저 아이만 얻으면……'

그러니 어찌 저 모습을 보고 불쾌해하겠는가.

자신과는 그 가치를 비교할 수조차 없는데.

정략이든 뭐든 혁준에게 있어 푸리나는 절대로 놓쳐서는 안 되는 세상에 다시없을 보물인데.

'게다가 저렇게 예쁘기까지 하고.'

그녀가 보기에도 참 예쁜 소녀였다.

혁준이 만들어갈 그 화려한 세상에 참 잘 어울리는 소녀.

아무리 혁준이라도 저 소녀만큼은 뿌리치지 못할 것이다.

기대하지도 바라지도 않는다.

그게 무엇이 되었든 혁준을 위한 가장 최선을 찾는 것이 그녀의 일이니까.

그게 그녀가 지금껏 해온 일이고 앞으로도 해야 할 일이니까.

　지금 혁준에게 있어 최선은 두말할 것도 없이 푸리나니까.

　그런데 늘 그래온 일인데도 이 순간 마음속에 들어차는 쓸
쓸하고 초라한 기분은 어쩔 수 없었다.

제60장
변하는 것들,
그리고 변하지 않는 것들

GET ALL
THE WORLD

　휴가가 끝났다.

　비록 며칠 되지 않는 짧은 휴가였지만 그 짧은 휴가 동안 세계는 새로운 시대로의 문을 열었다고 해도 과언이 아니었다.

　그렇게 일상으로 다시 복귀한 혁준을 기다리는 것은 휴가 전보다 훨씬 더 많아진 일과 서류 더미였다.

　그럴 수밖에.

　기가스컴퍼니가 그동안 벌여놓은 일만 해도 산더미인데 거기에 더해 새 국제기구 창설 준비도 해야 하고 한국과 러시아의 경제특구에 군대도 배치해야 한다.

한국과 러시아에 기가스컴퍼니의 자위대가 배치된다는 것이 알려지자 미국 최대의 방위산업체인 록히드마틴은 물론이고 세계 각지에서 이름난 무기 로비스트들이 벌 떼처럼 혁준을 찾아왔다.

그도 그럴 것이, 혁준이 그리고 있는 그림이 한국과 러시아로 끝나지 않는다는 것을 그들도 아는 것이다.

한국과 러시아가 끝이 아니다.

전 세계 경제특구에 자신만의 군대를 만들려 한다.

혁준의 마음에만 들면 사상 유례가 없을 만큼 어마어마한 양의 무기를 팔아먹을 수 있는 것이다.

그 바람에 하루 종일 사람을 만나는 게 일이었다.

차라리 서류더미에 파묻혀 지내는 게 낫겠다 싶을 정도로 노회한 장사꾼들을 상대하는 건 정말이지 피곤한 일이었다.

그런 지친 일상에서,

"오빠, 뭐 해요? 저 들어가도 돼요?"

사무실 문이 열리고 그 틈으로 빠끔히 얼굴을 내미는 푸리나의 밝고 활기찬 모습은 청량제처럼 한결 피로를 가시게 만든다.

이미 비서로부터 푸리나의 방문 소식을 들은 혁준은 자리에서 일어나 웃옷을 챙겨 입었다.

"어디 가시게요?"

"며칠째 사무실에만 틀어박혀 있으려니 아주 좀이 쑤셔서 못 살겠다. 어차피 저녁 시간도 다 됐고, 너 온 김에 나가서 밥이나 먹자고. 이 옆에 괜찮은 한정식집이 있더라고. 한국에 왔으니 제대로 된 한국 음식도 먹어봐야 하지 않겠어?"

"정말요?"

혁준의 말에 환하게 웃으며 혁준의 팔짱을 끼는 푸리나다.

물컹하게 전해오는 감촉에 괜히 민망해지는 혁준이다.

'역시 서양인의 발육이란 참 바람직하긴 한데 말이지…….'

그래도 아직 어린 그녀에게 불순한 마음을 먹는다는 것이 괜히 죄스러워 얼른 머릿속에서 그 생각을 지웠다.

그런 한편으로 겨우 밥 한 끼에 이렇게 신나 하는 그녀를 보니 괜히 미안한 마음도 들었다.

그러고 보면 휴가에서 돌아온 후로 그녀와 식사 한 끼 제대로 한 적이 없다.

워낙 일이 바빠서 푸리나가 찾아와도 잠깐 얼굴을 보는 게 전부였다.

'명색이 러시아 대통령이 내게 믿고 맡긴 영애인데 그동안 너무 소홀했나?'

그렇게 자책하며 물었다.

"그래, 공부는 잘돼? 한국의 경제특구에 대해 배운다고 했지?"

혁준의 관심이 기분 좋은지 한껏 더 몸을 밀착시키며 조잘 거렸다.

"한국의 경제특구는 알면 알수록 정말 놀랍도록 이상적이에요. 관료주의로부터도 완벽히 자유롭고 투자자들에게 무료로 제공되는 인프라도 상당히 잘되어 있어요. 기업체가 특구에 들어오면 초기 협상부터 완성품의 판매까지 모든 단계에서 최고 최대의 서비스를 받을 수 있는 시스템도 매력적이구요. 특히 지금 건설 중인 테크노파크는 혁신 속의 혁신이고 첨단의 환경 속에 세워지는 스마트 지대라는 느낌이에요. 현재와 미래를 잇는 다리이자 미래로 통하는 문 같은……. 아무튼 한국의 경제특구를 보면 우리 러시아의 경제특구는 너무 모자란 것이 많아요. 경제특구의 핵심인 질과 혁신, 그리고 효율, 모든 면에서 뜯어고칠 것이 산더미예요."

그렇게 말하며 눈을 반짝이는 푸리나에게서 어떤 결심과 각오가 느껴졌다.

카리스마라고 해야 할까?

러시아에 대한 깊은 애정만큼이나 정치적인 큰 야심이 있다. 그리고 그것을 실현시켜 줄 힘과 머리도 지녔다.

부녀가 전혀 안 닮은 것 같은데도 이럴 때 보면 '역시 푸틴의 딸이구나' 하는 생각을 하게 된다.

'어쩌면 러시아의 다음 권좌는 이 녀석의 것이 될지도……'

어쩌면 푸틴이 푸리나를 자신에게 보낸 것은 차기를 위한 포석일지도 모르겠다.

혁준이 그런 생각을 하는 중에도 푸리나는 마치 물 만난 물고기처럼 그동안 한국에서 보고 느낀 것들을 신이 나서 조잘거렸다. 그러다 어느 순간 움찔하며 눈살을 찌푸렸다.

혁준이 걸음을 멈추었기 때문이다.

차유경의 사무실 앞이다.

"부사장님도 같이 가시는 거예요?"

그렇게 묻는 푸리나의 표정에서 어떤 실망과 경계가 스쳐 갔다.

하지만 혁준은 지금 그런 것을 신경 쓸 겨를이 없었다.

차유경의 사무실을 앞에 둔 지금 괜히 마음이 무겁다.

요즘 자신을 대하는 차유경의 태도가 어딘지 딱딱하고 사무적이었다.

물론 평소에도 철저하리만큼 격식을 차리는 그녀였지만, 그래서 얼마간은 자신의 착각이겠거니 했지만 분명 이전과 달랐다.

'내가 무슨 실수라도 한 건가?'

아니면 자신에게 뭔가 섭섭한 거라도 있는 것일까?

그동안은 도무지 정신이 없어서 그럴 짬을 내지 못했지만, 푸리나와 밥을 먹기로 한 김에 그 속마음이라도 한번 떠보려는 생각이다.

그러나 그렇게 문을 열고 들어가 차유경에게 같이 식사할 것을 권했지만 들려온 대답은 'No'였다.

"아직 대표님께서 추가적으로 미팅을 가질 만한 로비스트들을 다 선정하지 못했어요. 그들이 가지고 있는 무기 목록부터 가격과 신용도, 필요 물자의 공급 방법까지 살펴볼 것이 너무 많아요."

완곡히 둘러말하긴 했지만 그 속에 깃든 의지는 단호했다. 이것만 해도 그랬다.

365일 늘 산더미 같은 일을 짊어지고 사는 그녀지만 자신의 이런 청을 거절한 적은 단 한 번도 없었다. 그 또한 부하로서 당연히 해야 할 일이라는 듯 아무리 바빠도 혁준을 위한 시간은 항상 비워뒀다.

'대체 내가 뭘 잘못한 거지?'

답답하기도 하고 서운하기도 해서 한마디 더 권해보려는데 푸리나가 그의 팔을 잡아끌었다.

"아무래도 부사장님께선 많이 바쁘신 것 같으니까 우리 방해하지 말고 그냥 가요."

푸리나가 그렇게 말하니 더 권하기도 뭣한 상황, 어쩔 수 없이 못내 아쉬운 걸음을 돌렸다.

*　　　　*　　　　*

그날부터 생각이 많아진 혁준이다.

차유경에 대한 생각은 점점 더 부풀어 올라 급기야.

'설마 그만둘 생각을 가지고 있는 건 아니겠지?'

그런 걱정까지 하기에 이르렀다.

그도 그럴 것이, 본의 아니게 너무 부려먹었다.

믿고 의지할 유일한 파트너였기에 기술적인 부분 외에 기가스컴퍼니의 모든 사업을 다 떠넘기다시피 했다.

'그래, 지칠 만도 하지. 사람이라면 안 지치는 게 그게 더 이상한 거지.'

자책도 해본다.

하지만 지금 기가스컴퍼니에 있어서도, 그리고 그에게 있어서도 차유경은 없어서는 안 되는 대체 불가한 존재이다.

'이러다 정말 사표라도 내밀면……'

생각만으로도 눈앞이 다 암담해 올 지경이다.

그런데 이 봉투는 뭘까?

혁준은 자신의 앞에 내밀어진 하얀 봉투를 보며 심장이 덜컥 내려앉는 기분이다.

"이게… 뭡니까?"

심지어 목소리마저 떨려 나왔다.

천하에 두려울 것이 없는 남자 권혁준이 어이없게도 지금 차유경이 내민 봉투 하나에 모래시계의 최민수처럼 떨고 있는 것이다.

그러나 들려온 대답은 잔뜩 세운 긴장이 허탈할 만큼이나 생뚱맞은 것이었다.

"풍천고 동창회 초청장이에요."

"……."

아마 이런 걸 두고 자라 보고 놀란 가슴 솥뚜껑 보고 놀란다는 것일 게다.

정말이지 놀란 가슴을 제대로 쓸어내리는 혁준이다.

'그나저나…….'

동창회라니?

이 무슨 자다가 봉창 두드리는 소리일까 싶다.

지금껏 이런 초청장을 받아본 적이 없다.

고등학교를 졸업하자마자 미국으로 건너가기도 했거니와 동창회에 나가기에는 사는 세계가 달라도 너무 달라졌다.

"이걸 누가 보내온 겁니까?"

대체 어떤 간덩이 큰 동창이 이런 용기를 다 낸 것일까?

"김민수라는 분께서 직접 찾아와 프런트에 맡겼다고 하더군요."

"김민수? 아, 민수!"

반가운 이름이다.

고등학교 때는 나름 단짝이기도 했다.

혁준이 주식을 하자 덩달아서 같이했다가 부친의 조기 축구 회비까지 삥땅해서 다 날리고 다음 날 얼굴이 피떡이 되어 온 기억이 아직도 생생하다.

게다가 한국에 IMF가 터졌을 당시 한국의 여론 동향을 살필 겸해서 하이텔 정치 경제 동호회에서 들어갔다가 우연찮게 채팅을 한 적도 있다.

"어떻게 하실 건가요?"

"내가 동창회를 나갈 만한 처지는 아니잖아요? 괜히 자리만 어색하게 만들 테고… 이런저런 청탁도 들어올 테고……."

그런데도 보고 싶긴 했다.

말 많고 허세 많던 김민수도, 그리고 또 한 명, 과거로 오기 전에는 카리스마 악귀 창수로, 과거로 회귀한 후에는 히어로와 외계인을 믿는 덕후 창수로 기억되는 약간은 모자라 보이던 이창수도.

그 둘을 제외하곤 사실 다른 녀석들은 이름도 잘 기억이 나지 않는다.

"동창회는 됐고, 그보다 민수 연락처 좀 알아봐 주시겠어요?"

"어쩌시게요?"

"그냥… 녀석들 어떻게 사는지 궁금해서요."

*   *   *

스마트폰 벨이 울린다.

발신자 표시에 '박재형'이란 이름이 뜨자 민수는 눈살부터 찌푸렸다.

귀찮은 전화.

그렇다고 안 받을 수도 없는 전화.

마지못해 통화 버튼을 눌렀다.

―야, 김민수. 어떻게 됐어? 혁준이랑 연락 됐어?

"당연하지! 내가 누구냐? 나 권혁준 베프 김민수야! 방금도 특구 관리국 의장실에서 혁준이랑 커피 한잔 때리고 오는 길이란 말이지."

―그래? 그럼 이번 동창회에 오는 거 확실한 거지?

"이 형님만 믿으라니까. 내 말 한마디면 지구 반대편에 있어도 바로 달려온다니까."

―알았어. 그럼 그렇게 알고 준비할 테니까 나중에 딴말이

나 하지 마. 나 진짜 이번에 대출까지 받아서 동창회 준비 아주 제대로 할 거니까.

"걱정 말라니까, 인마. 나 권혁준 베프 김민수라니까."

그렇게 호언장담을 하고 전화를 끊었지만 끊자마자 한숨부터 푹 내쉬는 민수다.

특구 관리국 의장실은커녕 얼굴 한번 보지 못하고 프런트에다 겨우 초청장만 맡기고 온 길이다.

그 초청장이 과연 혁준에게 제대로 전해지기나 할까?

"젠장, 내가 미쳤지, 미쳤어. 구라를 쳐도 그런 되도 않는 구라를 쳐가지고……."

사건의 발단은 작년에 있었던 동창회에서였다.

방금 전화를 받은 박재형이란 놈이 꼴에 의사라고 어찌나 잘난 체하고 꼴값을 떠는지 보다 못해 욱해서 혁준을 들먹인 것이 박재형이 처한 상황들과 맞물려서 일이 점점 부풀려지고 말았다.

박재형은 지금 필사적이었다.

지방 의대를 나와서 어찌어찌 정형외과 전문의 과정을 마치고 개원을 했지만 실력도 인맥도 요령도 부족해서 빚만 쌓여가고 있는 실정이었다.

그런 그에게 혁준과 아직도 연락하고 지낸다는 민수의 뻥은 그야말로 한줄기 서광이었다.

동창회 자리에서 혁준을 만날 수만 있다면, 그래서 까다로운 절차와 조건들을 건너뛰고 경제특구에 병원을 열 수만 있다면 지금 처해 있는 모든 골치 아픈 현실들로부터 완벽하게 해방될 수 있었다.

경제특구에서 개원을 한다는 것 자체로 의사로서의 지위와 명성이 달라지는 것이 이 대한민국이라는 나라니까.

그래서 지푸라기라도 잡는다는 심정으로 민수를 닦달했고, 혁준이 동창회에 참석한다는 약속에 사비까지 털어서 혁준의 격에 맞는 동창회를 열려고 하는 것이다.

물론 박재형이 적극적으로 나오면 나올수록 민수는 머리가 아프다.

"이러다 구라인 게 다 밝혀지면 재형이 놈 성격에 진짜 가만 안 있을 텐데……."

어쩌면 손해배상이라도 청구해 올지 모른다.

"그럼 나 완전 개털 되는데… 정말 어쩐다냐?"

아무리 머리를 굴려본들 마땅한 해결책이 있을 리 만무하다.

생각하면 할수록 답이 없는 현실에 머리만 더 아파오는 민수이다.

"내일부터 아예 특구 관리국 앞에다 텐트라도 쳐? 몇 날 며칠이고 죽치고 있다 보면 어쨌든 한 번은 만날 거 아냐?"

정말 개털 신세 되지 않으려면 어떻게든 혁준을 만나야 하는 민수다.

그리고 그가 혁준을 만날 수 있는 유일한 방법은 아무리 생각해도 그것밖에 없었다.

하지만 어떻게든 혁준을 만난다고 하더라도 문제는 그다음이었다.

"그런 대단하신 분께서 나 같은 걸 기억이나 하고 있겠냐는 거지."

힘들게 만났는데 혁준이 생까면 그땐 또 어쩐단 말인가.

생각하니 아쉽다.

혁준이 이렇게 엄청난 인물이 될 줄 알았더라면 더 친하게 지내둘 걸 그랬다.

어떻게든 계속 연락을 하고 지냈더라면 자신도 지금쯤 기가스 제국에서 한자리하면서 세상을 호령하고 있을지도 모르는 일 아닌가?

혁준의 갑작스러운 미국행과 맞물려 가세가 기울어 서둘러 입대하게 되면서 안타깝게도 혁준과의 인연이 완전히 끊어지고 말았다.

이제 와서 끊어진 인연을 되돌린다는 건 아무리 생각해도 무리였다.

"에휴, 눈 뜬 장님이 따로 없지. 옆에 노다지 광맥이 있는데도 그걸 못 보고는……."

그렇게 뒤늦은 후회를 하는데.

따리리리리, 따리리리리.

다시 폰이 울렸다.

이번에 발신자 표시로 뜬 이름은 '개진상'이었다.

그가 다니는 스포츠 에이전시 크로니클의 대표였다.

이름은 이진상.

직장인들에게 있어 이 시대 직장 상사들이 다 그렇듯 잘난 체와 이죽거림, 무시와 책임 전가 등 갈구는 데 있어서만큼은 숙련도 만땅을 찍은 인간이다.

폰 화면에 뜨는 '개진상'이란 이름에 순간 폰을 집어 던져버리고 싶은 충동을 느끼는 민수다.

받아봤자 욕부터 날아올 게 뻔했다.

평소에도 욕을 입에 달고 사는 인간이긴 하지만 오늘은 특히 욕먹을 짓까지 해버렸기 때문이다.

잠시 폰을 받을지 말지 고민하던 민수는 마지못해 통화 버튼을 눌렀다.

아니나 다를까.

―야, 이 새끼야! 너 이 새끼, 뭐 하는 새끼야!

욕부터 걸쭉하게 터져 나온다.

─야, 이 새끼야! 임진혁이랑 왜 계약 파기 안 했어? 이미 계약 기간 다 만료됐는데 왜 아직 파기가 안 돼 있냔 말이야! 그 새끼 팔, 이제 완전 맛 갔다고! 야구 판에서 상품 가치 전혀 없단 말이야!

"그래도 우리랑 십 년을 같이한 선수잖아요. 스포츠 에이전트라는 게 완전히 생소할 때부터 대표님 하나 믿고 우리 회사와 같이해 준 선수라면서요. 그럼 우리 회사가 지금 이만큼이나 자리를 잡을 수 있던 것도 다 임진혁 선수가 우리 어려울 때 도와준 덕분인데……."

─그게 왜 그 새끼 때문이야! 내가 뭣 빠지게 열심히, 성실하게 일한 덕분이지!

발끈해서 버럭 하는 말에 민수가 콧방귀를 뀌었다.

'열심히 성실하게는 개뿔! 횡령이다 뇌물수수다 한번 오지게 걸려서 철창신세까지 진 주제에.'

그런데도 그를 믿고 끝까지 남아준 임진혁이다.

그때 만일 임진혁이 등을 돌렸다면 스포츠 에이전시 크로니클은 그가 입사하기도 전에 이미 문을 닫았을 것이다.

그야말로 은인이나 다름없는 선수를 개진상은 먹다 버린 음식물 쓰레기 취급하고 있는 것이다.

물론 민수가 임진혁과의 계약 파기를 못내 미적이고 있는 것은 단지 그런 도의상, 인정상의 문제 때문만은 아니었다.

프로의 세계란 냉정하다.

실력이 없으면 도태되고 나이가 들어 실력이 떨어지면 외면받는 것은 이 바닥에선 지극히 당연한 순리이다.

그가 임진혁과의 계약을 파기하지 않고 있는 것은 그의 실력을 믿기 때문이었다.

그의 나이 이제 서른둘이다.

다른 스포츠와는 달리 야구 판에서, 특히 임진혁 같은 제구력 투수에게 서른둘이라는 나이는 경험과 체력의 밸런스가 가장 완벽히 조화를 이루는 전성기의 나이였다.

비록 지난 2년 부상과 체력 저하로 인해 5점대와 7점대의 방어율을 기록하긴 했지만 그건 어디까지나 성적에만 집착한 감독이 무리하게 혹사시킨 탓이다.

한창 선발로 주가를 올릴 때는 4일 등판을 밥 먹듯이 시켜 팔꿈치를 아작 내더니 수술과 힘든 재활을 이겨내고 복귀한 다음에는 불펜으로 돌려 연투는 기본에 2이닝, 3이닝, 심지어 3이닝을 던진 바로 다음 날 무너진 선발투수를 대신해 5이닝 롱릴리프를 시키기도 했다.

불펜투수가 규정 이닝에 가까운 130이닝을 던졌으니 더 말해 뭐 하겠는가.

부상이 재발하지 않은 것만 해도 천만다행한 일이 아닐 수 없었다.

어깨를 쉬어주기만 하면 된다.

분명 다시 부활할 수 있었다.

비록 올해를 끝으로 FA가 되고 현 구단에서는 방출로 가닥을 잡아놓은 상태지만, 타 구단도 선수 생명 끝났다고 생각하고 있어 벌써부터 은퇴 이야기가 나돌고 있지만 임진혁의 의지만큼은 확고했다.

구단에서 방출된다 하더라도, 그래서 FA 미아 신세가 된다 하더라도 모든 굴욕을 감내하고 신고 선수가 되어서라도 프로 생활을 이어가겠다는 것이다.

연봉도 필요 없고 보직도 필요 없다.

마운드에서 내 공으로 임진혁이란 이름을 다시 한번 증명해 보이겠다.

그 뜨거운 의지를 민수는 믿었다.

에이전트로서 그가 임진혁을 위해 할 일은 계약서를 찢는 것이 아니라 오직 성적을 위해 선수를 혹사시키는 썩어빠진 감독이 아닌, 팀 성적보다는 선수의 미래를 보고 선수의 미래가 결국 팀 성적으로 돌아온다는 확신을 가진 덕장의 밑에서 선수 생활을 할 수 있도록 그 길을 찾아주는 것이었다.

하지만 안타깝게도 그는 을일 뿐이다.

이 모든 일의 결정권자인 갑은 그와 생각이 전혀 달랐다.

—잔말 말고 무조건 내일 중으로 계약서 찢어 갖고 와! 내

일까지도 계약 파기 못 하면 아예 회사 들어올 생각도 하지 마! 그날로 니 책상 바로 싹 치워 버릴 테니까! 이거 그냥 하는 말 아냐! 나, 한다면 하는 놈인 거 알지?

잘 안다.

크로니클 에이전시로 말할 것 같으면 허구한 날 사람이 잘려 나가는 곳으로도 유명한 곳이니까.

이곳에서 4년이나 버티고 있는 자신이 오히려 신기할 지경이니까.

─그건 그렇고… 지금 바로 강민이한테로 가봐.

강민이라면 지금 한창 주가를 올리고 있는 3년 차 투수이다.

"강민이는 왜요?"

─그놈 BH랑 갈라섰어.

"BH랑요?"

─그래. 지금 자유야. 그러니까 바로 강민이랑 접촉해 봐. 더블에스급으로 조건 맞춰주면 충분히 잡을 수 있을 거야.

"더블에스급이요? 강민이한테요? 걔 이제 4년 차예요."

─새꺄, 연차가 뭐가 중요해! 3, 4년 후면 못해도 백억짜리 FA고 잘만 풀리면 메이저야!

"그래도 걔한테 더블에스는 오버예요. 재능이야 뛰어나죠. 최동원, 선동열을 잇는 국대 에이스 소리 듣고 있으니까."

최고 구속 155에 명품 슬라이더를 갖췄다.

무엇보다 지옥에서도 데려온다는 좌완 파이어볼러이니, 국내 야구 관계자들의 찬사와 관심을 한 몸에 받고 있는 스타 중의 스타가 강민이었다.

"하지만 걔 사생활 완전 엉망이에요. 작년에 포텐 터지고 얼굴 좀 알려지고 나서 스타병 제대로 걸렸다니까요. 아나운서에 배우에 가수에, 여자 문제도 개판이고 서울 홈경기 때는 아주 클럽 죽돌이 짓을 하질 않나, 술 담배는 기본에 얼마 전에는 팀 훈련도 무단으로 불참했다잖아요. 이번 달만 해도 제구력 흔들려서 망친 경기가 두 경기나 되구요. 딱 봐도 하체가 무너진 게 보이던데요, 뭐. 방어율만 봐도 알 수 있잖아요. 작년에 1.91 찍고 날아다니던 놈이 이번 시즌엔 3.52예요."

—새꺄, 선발투수가 3.52면 준수한 거지.

"인성이 글러먹었다니까요, 인성이. 크게 될 수가 없는 놈이에요."

—운동선수가 운동만 잘하면 되지 인성을 왜 따져! 그리고 크게 될지 아닐지는 너보다 내가 더 잘 아니까 넌 그냥 시키는 대로 계약서에 도장이나 받아와.

그러고는 더 들을 것도 없다는 듯이 전화를 끊어버리는 개 진상이다.

이번에도 폰을 던져 버리고 싶은 것을 간신히 참았다.

"니미럴! 이러다 나중에 강민이 폭망하면 모든 걸 계약서에 도장 찍은 내 탓으로 돌릴 거면서."

그렇게 잘려 나간 동료 에이전트가 어디 한두 명이랴.

아니, 잘리는 것도 잘리는 거지만 이번 계약 건은 정말 위험한 도박이었다.

강민에 대해서는 누구보다도 잘 안다고 자부하는 그였다.

그도 그럴 것이, 그의 입사 연도에 한국 스포츠계를 통틀어 가장 주목받고 있는 것이 강민이었고, 그래서 남다른 애정으로 지난 4년 동안 직접 발로 뛰며 가까이서 그의 성장과 변화를 지켜보았다.

개진상에게 말한 대로 지금 강민의 폼은 정상이 아니었다.

선발로 나와 전반기 방어율 3.52에 7승 5패면 나쁘지 않은 성적이지만 장담컨대 후반기에는 지금 성적도 유지 못 할 확률이 컸다.

더 큰 문제는 문란한 사생활과 자기 관리 실패로 하체가 무너지면서 어깨로만 던지고 있다는 것이다.

강민이 속한 구단의 트레이너 말로는 지금 강민의 어깨는 시한폭탄이나 다름없는 상태라고 했다.

기초부터 다시 체력을 잡아주지 않으면 어깨 망가지는 건 시간문제라고 했다.

그런데도 트레이너의 충고는 귓등으로도 안 듣고 워낙에

제멋대로 굴어서 이젠 트레이너조차 두 손 두 발 다 들고 포기한 상태라는 것이었다.

'그런 녀석한테 3, 4년 후를 내다보고 업계 최고 대우를 한다는 게 말이 되냔 말이지.'

손해 보기 딱 좋다.

금전적인 부분도 그렇지만 그런 녀석을 끼고 있으면 크로니클의 다른 선수에게도 안 좋은 영향을 미칠 수 있었다.

그런데도 개진상은 그저 강민이 가지고 있는 가시적인 재능과 스타성만을 보고 무리수를 둬가면서까지 이번 계약을 밀어붙이고 있는 것이다.

'대체 그 썩은 동태눈으로 어떻게 크로니클을 이만큼이나 키울 수 있었던 건지……. 하긴, 선수 보는 눈은 없어도 선수 팔아먹는 데는 일가견이 있는 인간이니까.'

언론 플레이로 여론을 형성해서 각 구단 수뇌부를 압박하고 선동질하는 수완은 정말이지 혀를 내두르게 할 만큼 능숙했다.

오직 그거 하나로 5억짜리 선수로 30억 장사를 하니 FA를 앞둔 선수들이 제 발로 크로니클을 찾아오는 것도 당연했다.

문제는 그렇게 뻥튀기 계약을 한 선수들 중 태반이 돈값을 못해 구단으로부터, 팬으로부터 비난의 집중포화를 받다가 멘탈까지 무너져 아까운 재능을 다 펼쳐보기도 전에 조기 은

퇴를 하는 경우가 허다하다는 것이다.

임진혁도 그런 케이스였다.

구단이나 감독의 성향은 전혀 고려하지 않은 채로 오직 돈만 보고 상성이 전혀 맞지 않은 구단에다 밀어 넣은 결과 혹사 속에서 그 좋은 재능을 망가뜨린 것이다.

임진혁을 생각하니 다시금 울컥 화가 치밀어 오른다.

성질 같아서는 당장에라도 개진상을 찾아가서 그 면상에다 사표를 던져 버리고 싶었다.

하지만 이 바닥에서 개진상의 영향력은 절대로 무시할 수 있는 것이 아니었다.

괜히 잘못 찍혔다가는 이 바닥에 발도 못 붙이게 된다.

그렇게 허무하게 인생의 꿈을 끝내 버릴 수는 없는 일이었다.

최고의 에이전트가 되어 최고의 선수들과 세계 무대를 누빌 자신의 미래를, 그 한 줄기 가소로운 꿈이나마 계속 꾸고 있으려면 더럽고 열받고 짜증 나더라도 참는 수밖에 없었다.

다행히 다른 건 몰라도 참는 것 하나만큼은 참 잘하는 민수다.

민수는 그길로 곧장 강민을 찾아갔다.

사락사락.

무성의할 만큼 대강 계약서를 훑던 강민이 이내 아무렇게나 계약서를 테이블 위에 던진다. 그러고는 혀를 끌 찬다.

"뭐, 나름 나쁘지는 않아 보이네요."

강민의 그 같은 태도에 민수가 어이없어하며 말했다.

"강민 선수, 이 정도면 업계에선 진짜 파격적인 거야. 6, 7년 차, 그중에서도 기수 톱급 선수한테나 해주는 조건을 4년 차 선수한테 해주는 거야. 우린 선수 몸값 인플레 조장한다고 업계 비난까지 감수하면서 진행하는 거라고."

"그래봤자 KBO 수준이잖아요. 솔직히 내가 국내에서 썩을 사람은 아니잖아요? 못해도 NPB고 흐름만 잘 타면 메이전데."

"……."

"그리고 이 정도 조건은 이미 BH에서도 제시받은 거란 말이죠."

강민이 대수롭지 않다는 듯 그렇게 말하며 피식 입꼬리를 말아 올린다.

하지만 민수는 믿지 않았다.

'이게 어디서 약을 팔어?'

BH는 철저하게 원칙을 지키는 곳이었다. 그게 설혹 메이저행이 확정되다시피 한 선수라고 할지라도 원칙을 깨는 파격 계약은 하지 않는다.

그럼에도 BH가 업계 최고로 인정받으며 승승장구하는 것은 소속 선수의 연봉 계약에서 최고의 금액을 이끌어내는 것은 물론이고 FA나 트레이드 시 그 선수의 성향과 구단과의 상성까지 철저히 고려해서 실패 확률을 철저히 줄이기 때문이었다.

심지어 소속 선수가 최대한 오래도록 선수 생활을 할 수 있게 다방면으로 지원을 아끼지 않았다. 그래서 BH에 한번 소속된 선수는 어지간하면 다른 곳으로 옮기지 않았다.

오죽하면 'BH에는 재계약서가 없다' 라는 말까지 나돌겠는가. 연장 계약이 따로 필요가 없을 정도로 소속 선수와의 신뢰 관계가 깊고 두터운 것이다.

그래서 더 궁금했다.

대체 왜 강민은 그런 곳과 갈라선 것일까?

궁금함을 참지 못하고 조심스럽게 물었다.

"BH랑은 무슨 일 있었어? 왜 나온 거야? 업계 최고 대우까지 제시받았다면서?"

물론 업계 최고 대우는 구라일 테지만 말이다.

"아, 뭐… 그냥요. 마음에 안 맞아서요."

"마음에 안 맞다니? 왜?"

"자꾸 귀찮게 굴잖아요. 잔소리나 떽떽거리고. 내 몸은 내가 더 잘 알지 지들이 뭘 안다고……."

그거면 충분했다.

어떻게 된 일인지 안 봐도 뻔했다.

몸에 좋은 쓴소리에 발끈해서 뛰쳐나온 것이 틀림없었다.

'역시 이놈은 글러먹었어.'

이런 거지 멘탈로 NPB? 메이저?

지나가던 개가 웃겠다.

그런 와중에도 궁금한 것이 있다.

"근데… BH에선 그냥 놔줬어? 위약금은?"

"받은 계약금은 이번에 새로 계약해서 받는 걸로 때우기로 했어요."

"위약금은?"

"필요 없다던데요?"

순간 민수의 머릿속에서 '오죽했으면'이라는 생각이 스쳐 갔다.

소송도, 위약금도 요구하지 않았다는 건 어찌 보면 1인자의 여유이자 최고라는 자부심이기도 했지만 그만큼 강민에 대해 선수로서의 미래가 없다고 판단한 것이 틀림없었다.

가능성은 물론이고 오히려 소속된 다른 선수들에게까지 악영향을 끼친다고 판단했을지도 모른다.

지금 크로니클은 그런 오물덩어리를 어마어마한 거금을 들여 사려고 하고 있는 것이다.

생각 같아서는 당장에라도 계약서를 고이 접어 미련 없이 여길 나가 버리고 싶은 심정인데 강민은 한술 더 떴다.

"그래서 말인데, 여기에다 계약 조항 하나 더 넣죠?"

"계약 조항?"

"내 몸 관리에 대해서는 어떠한 간섭도 하지 않겠다는 걸 확실히 명시하세요. 그럼 크로니클하고의 계약을 좀 더 긍정적으로 검토해 볼게요."

"하지만 그건……."

"뭐 어때요? 어차피 구단에서 다 관리할 텐데?"

구단에서 관리하는 건 어디까지나 스프링캠프까지다. 시즌에 들어가면 구단은 장기 레이스를 구상하느라 선수 개개인에게까지 신경 쓸 틈이 없다. 시즌 중에는 선수의 몸 관리는 어디까지나 선수 개인의 몫인 것이다.

더구나 그 스프링캠프까지도 구단의 프로그램에 제대로 안 따라서 올해 성적이 곤두박질친 강민이 아니던가.

"뭐, 싫으면 말구요. 크로니클 아니라도 계약할 곳이야 많으니까."

마음 같아서는 계약이고 뭐고 간에 저 재수 없는 면상 앞에다 계약서를 박박 찢어버리고 싶었다.

재능만 믿고 까불다가 인생 나가리 된 선수가 어디 한둘이던가. 그런 꼴 나기 싫으면 지금이라도 정신 차리라고 진심

어린 충고도 던져주고 싶었다.

하지만 그랬다가는 계약은 물 건너가고 그의 직장 생활도, 여기에 건 꿈도 모두 끝이다.

나중에 어떻게 되었든 간에, 이 재수 없는 인간의 인생이 어떻게 되든 간에 지금 그가 할 수 있는 일은 녀석의 비위를 맞춰줘서 어떻게든 계약서에 도장을 찍는 것뿐이다.

"아냐, 선수 몸 관리야 선수가 알아서 하는 거지, 뭐. 어디 한두 살 먹은 어린애도 아니고……. 그래도 지금 당장 조항을 추가하는 건 무리야. 강민 선수도 알겠지만 내가 그 정도 짬밥은 안 되잖아. 대표님께 잘 말씀드려서 수정 계약서 다시 가져올게."

"그럼 그러시던가요."

대수롭지 않게 고개를 끄덕인 강민이 소파에서 몸을 일으킨다.

"어디 가게? 회사가 바로 앞이니까 조금만 기다리면 금방 계약서 수정해서 올 건데……."

"어차피 지금 당장 계약할 것도 아닌데요, 뭐. 말했잖아요. 긍정적으로 검토해 본다고. 저도 며칠 생각은 해봐야죠. 그리고… 저 지금 술 한잔하러 가는데, 혹시 같이 가실래요?"

"술?"

"내일 월요일이잖아요. 간만에 스트레스 좀 풀려구요. 같이 가실래요?"

작년에 비하면 전반기도 성에 안 차는 성적이다. 더구나 후반기 들어 어깨 담으로 DL(부상자 명단)에 등록되어 2주간 2군에 다녀왔고, 그 후로 치른 선발 두 경기는 4피홈런 난타에 만루에서 패스트볼, 사구 난발, 거기에 수비 실책까지 아주 혼자다 말아먹다시피 했다.

어떻게든 컨디션을 끌어 올릴 궁리를 하기에도 모자랄 판에 술이라니……

거기다 간만?

'어제도 팀 동료들이랑 새벽 2시까지 술을 퍼댄 걸 다 아는데…….'

한심하기도 하고 기가 차기도 하다.

하지만 어쩌겠는가.

강민은 갑이고 그는 어떡하든 갑의 비위를 맞춰 계약서에 도장을 받아가야 하는 힘없는 을인 것을.

"그, 그러지, 뭐. 그럼 간만에 목에 낀 때 좀 벗겨볼까?"

그렇게 마음에도 없는 허세를 떨어가며 억지웃음을 짓는 민수는 이 시대 샐러리맨의 서글픈 자화상이었다.

*　　　*　　　*

"오, 동생! 어서 와, 어서 와!"

강민의 뒤를 따라 룸으로 들어가자 먼저 와 있던 삼십 대의 사내가 반갑게 악수를 청했다.

약속이 잡혀 있다고는 생각 못 한 민수가 의아해하는데.

"근데 이분은……?"

그 사내가 민수를 보며 먼저 의아히 묻는다.

강민이 대답했다.

"아, 이번에 나 BH 나왔잖아요. 새로 계약하려는 곳 담당 에이전트분이세요."

"아, 그래? 이거 우리 동생 잘 좀 부탁드리겠습니다. 나 박이한이요."

"아, 예. 크로니클의 김민숩니다."

"하하, 이거 귀한 분도 오셨으니까 오늘은 내가 동생을 생각해서라도 아주 제대로 대접해야겠구만."

"그럼 내가 왔는데 제대로 대접을 안 해주실 생각이셨어요? 와, 이거 섭섭한데요? 지난번에 지역 유지들 앞에서 형님 체면 세워 드리려고 팀 훈련도 빠지고 달려온 거 벌써 잊었습니까?"

"그럴 리가 있나. 말이 그렇다는 거야, 말이. 아무렴 내가 동생을 서운하게 할까? 오늘도 여기 에이스는 전부 다 대기시켜 놨단 말이지. 전에 동생이 마음에 들어한 개도 지금 대기

타고 있고."

"에이, 걔는 됐어요. 한번 놀아봤음 됐지. 이번엔 좀 신선한 애가 좋겠는데……."

"걱정 말라니까. 내가 언제 동생 실망시킨 적 있던가?"

그렇게 말하며 인터폰을 든다.

"야, 준비시켜 둔 애들 있지? 거기에 계집애 둘 더 추가해서 지금 데려와."

곧이어 여섯 명의 룸 걸이 들어오고, 그간 얼마나 이런 자리를 많이 가졌는지 강민의 취향을 훤히 안다는 듯 그중 두 명을 강민의 양옆에 앉힌다.

"오늘은 두 명씩인데, 어때? 둘 다 마음에 들지?"

그러자 강민이 이런 접대가 익숙하다는 듯 스스럼없이 두 팔로 아가씨들의 허리를 감싸 안으며 흡족한 미소를 머금는다.

"니들은 여기, 거기 니들은 여기 이분 옆에 앉아. 귀한 분이니까 잘들 모셔. 그리고 에이전트 양반도 부담 없이 드시고. 오늘 여긴 내가 다 책임질 테니까. 흐흐."

박이한이 그렇게 말하고는 음충맞게 웃으며 자신의 옆자리에 앉는 아가씨의 파인 가슴 속으로 불쑥 손을 집어넣는다.

이 얼떨떨한 상황에 민수는 입맛이 썼다.

성운실업 대표 박이한.

성운실업이 무엇 하는 회산지는 모르지만 강민과 박이한의 관계가 어떤 것인지는 단번에 파악했다.

일명 스폰서.

스포츠계에서는 비일비재한 일이라 새삼스러울 것은 없었다.

더구나 개중에는 아무 대가 없이 좋아하는 선수를 지원해주고 경기력 향상에 도움이 되는 조언도 해주는 등의 좋은 스폰서도 있다.

하지만 이 박이한이란 자는 딱 봐도 좋은 스폰서와는 거리가 멀어 보였다.

좋은 스폰서라면 한창 시즌 중에 강민을 이런 술자리에 부를 리가 없다. 단순히 인맥 과시용으로 강민에게 술과 여자를 대접해 주고 때로는 용돈도 쥐어주는, 질 나쁜 스폰서가 틀림없었다.

그리고.

'내가 아는 질 나쁜 스폰서 중에 제대로 된 일을 하는 놈들도 없지.'

동네 조폭 건달에서부터 불법 도박장 운영, 피라미드, 심지어 보이스 피싱까지 그 직업군이란 게 참 양아치다운 것뿐이다.

모르긴 몰라도 이 박이한이란 인간도 그 범주에서 크게 벗어나지 않을 것이다.

그렇게 잘못 엮인 스폰서로 인해 스포츠 도박에서부터 마약까지 인생 망가진 선수가 어디 한둘이던가.

저런 질 나쁜 인간과 어울려서 여자들 엉덩이나 주물럭거리고 있는 강민이 이젠 한심하다 못해 딱할 지경이다.

'어린 노무 새끼가 벌써부터 못된 것만 처배워가지고…….'

이래서는 FA 대박은커녕 신문 사회면에 이름 박히지나 않으면 다행일 지경이다.

'하긴 이런 가망 없는 인간 잡아보겠다고 이런 데까지 와서 이러고 있는 내 신세가 더 한심하지.'

회사에서는 찬밥 신세에 친구랍시고 찾아간 혁준은 얼굴 한번 보지 못했다. 그 바람에 동창회에선 허풍선이 등신 취급 확정.

'젠장! 누구는 세상을 한 손에 쥐고 전 세계를 호령하고 있는데 난 지금 대체 여기서 뭐 하고 있는 거야?

고작 십 년 남짓한 사이에 어떻게 이다지도 사는 세계가 달라져 버린 것일까?

생각하니 속이 쓰리다.

룸걸이 따라준 쓰디쓴 양주를 그대로 들이켰다.

"크으……."

그 쓰디쓴 양주가 목을 태우다시피 하며 넘어가자 신기하게도 쓰린 속이 조금은 달래진다.

그리해 다시 한 잔을, 또다시 한 잔을, 그다음부터는 몇 잔인지 셀 수도 없을 만큼 퍼마셨다.

그렇게 정신줄을 반쯤 놓아갈 때쯤, 그런 민수를 보며 박이한이 말을 걸어왔다.

"이거 에이전트 양반이 술 좀 마실 줄 아는구만. 근데… 우리 강민이 동생을 영입하러 왔다면서 너무 혼자 마시는 거 아뇨? 보통 영입을 하러 왔으면 여자는 웃음을 팔고 남자는 자존심을 파는 게 기본인데 말이야."

"……"

"분위기가 너무 칙칙하잖아. 이럴 때는 그쪽이 노래라도 한 곡조 뽑아서 분위기 좀 살려야 하는 거 아니냔 말이지."

박이한의 말에 민수가 크게 고개를 끄덕였다.

"암요! 그렇죠! 칙칙한 분위기 살리는 데는 제가 또 전공이죠!"

그렇게 말하며 마이크를 집어 들었다.

"아아, 마이크 테스트, 마이크 테스트. 그럼 이제부터 제가 미래의 메이저리그 20승 투수 강민 선수를 위해 노래 한 곡조 뽑아보겠습니다. 강민 선수! 우리 한번 같이 메이저리그 가봅시다!"

확실히 흥은 살렸다.

서태지와 아이들에서부터 시작해 DJ DOC의 '머피의 법칙' 까지.

노래는 물론이고 한바탕 춤사위까지 벌렸다.

심지어 DJ DOC의 노래 'Run to you' 중에 특정 가사가 나올 때는 강민 앞에 낯간지러운 손 하트까지 난발했다.

정신없이 놀았다.

아예 머릿속을 백지장으로 만들어 정신없이 마시고 취했다.

그렇게라도 하지 않으면 울컥울컥 치밀어 오르는 화를 참지 못하고 그 자리에서 테이블이라도 엎어버릴 것만 같아서였다.

다 때려치우고 뛰쳐나오려는 스스로를 가까스로 참아낸 것이다.

그렇게 한껏 달아오른 흥이 차츰 가라앉고 끈적끈적한 블루스 타임이 되어서야 민수는 마이크를 놓았다.

너무 몰두하다가 한숨 돌리니 뒤늦게 머리가 핑 돌며 취기가 밀려들었다.

거기다 앞뒤로 두 여자와 낯 뜨거울 만큼 몸을 밀착한 채 비비적대고 있는 강민을 보자니 괜히 속이 더 뒤틀리고 메스껍기까지 했다.

도저히 버틸 수가 없어서 바람이라도 쐴 양으로 룸을 나왔다.

그렇게 비틀거리는 걸음으로 룸을 나오는데, 문 옆에 등을 기대고 민수의 길을 막고 선 사내 하나가 있었다.

가뜩이나 속이 뒤틀리는 상태라 짜증스럽게 사내를 올려다보는데 어딘지 낯이 익다.

뭔가 뒷골을 서늘하게 하는 기분에 흐트러진 정신을 수습하고 눈을 깜빡여 침침한 초점을 맞춰보려 애쓰는 그때.

"너 인마, 여기서 뭐 하냐?"

한심하다는 눈빛으로, 그러면서도 어딘지 반갑고 친근한 말투로 그렇게 사내가 말을 건네왔다.

순간 민수는 벼락이라도 맞은 듯 소스라치게 놀랐다.

취기도 싹 가셨다.

그도 그럴 것이, 지금 눈앞에서 그를 향해 비릿한 웃음을 흘리고 있는 사내는 다름 아닌 혁준이었던 것이다.

"어… 어어… 어어어……."

사람이 너무 놀라면 말도 잘 나오지 않나 보다.

꿈인지 생시인지 모르겠다.

눈을 끔뻑거리며 보고 또 봐도 도무지 현실감이 없다.

그런 민수를 보며 혁준이 재차 묻는다.

"뭐 하냐?"

"궈, 권혁준……?"

백지처럼 멍한 머릿속을 헤집어 겨우 이름 석 자를 끄집어 냈다.

"네, 네가 왜 여길……?"

"왜긴 왜야? 너 만나러 왔지."

"날? 날 왜……?"

"동창회 초대장 네가 가져왔잖아. 굳이 네가 직접 가져온 건 날 만나려는 거 아녔어?"

"그, 그야 그렇지만……."

만나려고 찾아간 건 맞지만 만날 수 있을 거라고는 기대도 안 했다.

하물며 이런 곳으로 혁준이 직접 자신을 찾아올 줄 어찌 상상이나 했겠는가.

볼이라도 꼬집고 싶을 만큼 아직도 얼떨떨하기만 한 민수 다. 그런 민수를 위아래로 쓰윽 훑어보던 혁준이 피식 웃었 다.

"꼴이 참……. 뭐, 너랑 크게 안 어울리진 않는다만……."

혁준의 말에 흠칫하며 뒤늦게 자신의 행색을 살피는 민수 다.

왼쪽 바지 끝은 말려서 무릎에 걸쳐 있고, 와이셔츠 단추는 세 개나 풀려 볼품없는 가슴골을 훤히 드러냈으며, 머리에 질

끈 동여맨 넥타이는 갈 곳을 잃고 덜렁거리고 있다.

그제야 자신의 꼴을 깨달은 민수는 황급히 넥타이를 벗겨내며 민망한 웃음을 흘렸다.

"하하, 오늘 술자리가 너무 재밌어서… 다들 아주 옴팡지게 놀아가지고……."

"됐고, 시간 있지?"

"어?"

"이런 시끄러운 데 말고 좀 조용한 곳에 가서 한잔하자."

"아니, 저… 난 지금 일행이 있어서……."

"일행? 저 안에 있는 싸가지랑 양아치?"

혁준의 말에 민수는 흠칫 놀랐다.

"알고… 있었냐?"

"그럼 내가 여길 그냥 왔겠냐? 네가 어디서 뭘 하고 있는지 정도는 알아보고 찾아온 거지. 뭐, 안에서 워낙에 요란하게 놀아대니 안 들으려야 안 들을 수도 없었고."

순간 얼굴이 화끈 달아오르는 민수다.

그야말로 발가벗겨진 기분이다.

왜 아니 그렇겠는가.

한때 절친이던 혁준은 세상을 한 손에 쥐고 쥐락펴락하는 시대의 거물이 되어 있는데 자신은 아무것도 이룬 것 없이 싸가지와 양아치의 술 시중이나 들고 있다. 정말이지 쥐구멍에라도 들어가고 싶은 심정이다.

그런 민수를 보며 혁준이 재차 말했다.

"어차피 그다지 영양가도 없는 인간들 같은데 얼른 정리하고 나와. 알지? 나 엄청 비싼 몸이야. 일분일초에 천문학적인 돈이 날아간다고. 그러니까 기다리게 하지 마."

"그야 그렇지만……."

"왜? 직접 말하기 곤란해? 그럼 내가 대신 말해줘?"

민수의 대답도 기다리지 않고 대뜸 룸의 문을 여는 혁준이다.

그 돌발적인 행동에 당황해하는 민수다.

하지만 말리고 자시고 할 틈도 없이 이미 혁준은 룸 안으로 성큼 발을 들이민 상태였다.

그렇게 룸 안으로 들어선 혁준은 그 안에서 펼쳐진 광경을 보고 눈살부터 찌푸렸다.

마치 경쟁이라도 하듯이 딱 봐도 양아치처럼 보이는 사내는 룸 아가씨들의 가슴에 하염없이 파묻혀 있었다.

오가다 광고판에서 한두 번 얼굴을 본 적이 있는 야구선수는 룸 아가씨를 양옆에 끼고 이리저리 번갈아가며 끈적끈적한 설왕설래에 정신이 없었다. 오죽하면 혁준이 들어온 줄도 모르고 그러고 있을까.

"적당히들 하지?"

보고 있기가 역겨워 혁준이 그렇게 한마디 툭 던지자 그제 야 낯선 목소리에 흠칫하며 혁준을 본다.

"당신 뭐야?"

자신들만의 여흥을 방해받은 것이 기분 나빴는지 박이한 이 대뜸 눈을 부라리며 묻는다. 강민도 그다지 유쾌하지 않은 눈빛으로 낯선 자를 경계한다.

그런 그들의 시선을 받은 혁준이 쭈뼛거리며 따라 들어온 민수를 앞으로 툭 밀쳤다.

"이 녀석이 할 말이 있대서 말이야."

혁준의 말에 당황한 기색이 역력한 민수다.

하지만 혁준의 재촉하는 눈빛에 차마 더는 버티지 못하고 말한다.

"저기… 강민 선수, 내가 오늘은 이만 가봐야 할 것 같은 데……."

"예? 벌써요?"

"정말 오랜만에 친구를 만나서 말이야."

"뭐예요, 그게? 흥 다 깨게. 친구야 다음에도 만나면 되는 거죠."

서운해하는 말투가 아니었다. 괘씸해하는 말투다. 심지어.

"지금은 무엇보다 계약이 중요한 거 아닙니까? 나랑 계약 하기 싫으세요?"

협박까지 한다.

그 바람에 어찌할 바를 몰라 곤혹스러운 표정을 하는 민수다. 그때 박이한이 끼어들었다.

"그러지 말고 그냥 거기 형씨도 같이 노는 게 어떻겠어? 술자리 친구야 많으면 많을수록 좋은 거 아닌가? 흐흐, 다 같이 어울려서 오늘 한번 결판지게 놀아보자고!"

아무래도 이대로 흥이 깨지는 게 싫은 모양이다.

하지만 고개부터 가로젓는 혁준이다.

"정중히 사양하지. 급이 안 맞아, 급이."

"뭐?"

"이런 저급한 곳에서 싸구려 양주나 마시는 인간들이랑 술친구나 할 급이 아니라고, 내가."

그렇게 말하고는 민수를 끌고 문을 나서려는 혁준이다. 그런 혁준을 박이한이 불러 세웠다.

"어이, 형씨. 잠깐 거기 서보지?"

"……?"

"형씨, 말 한번 참 듣기 섭섭하게도 하시네. 술친구나 할 급이 아니라니? 초면에 너무 주둥이 예절이 없잖아."

"예절도 차릴 사람에게나 차리는 거니까."

"이 새끼가 진짜 좋은 말로 하니까 사람이 빙다리 핫바지로 보이나, 뭐가 이렇게 건방져?"

그때까지도 룸 걸의 가슴에서 손을 떼지 않던 박이한이 급기야 벌떡 몸을 일으켜서는 혁준에게 다가와 껄렁하게 얼굴을 들이민다.

"야, 너 뭐 하는 새끼냐? 모가지 빳빳한 거 보면 소싯적에 좀 놀았어? 가만, 그러고 보니 얼굴이 낯이 익은데?"

하긴, 대한민국에서 혁준의 얼굴을 모르는 사람이 몇이나 되겠는가. 하지만 그뿐이다.

이 눈앞의 사내가 세계 제일의 부호일 거라고는 감히 상상조차 못하는 건지, 아니면 유흥에 빠져서 세상 돌아가는 일에 그저 무지한 건지 박이한은 그 낯선 느낌을 전혀 다른 방향으로 해석했다.

"이거 이거 낯이 익은 거 보니 이 새끼, 이 바닥에서 굴러먹던 놈 맞네. 근데도 내 앞에서 건방을 떨어? 너 이 새끼, 나 몰라?"

"내가 동네 양아치까지 알아야 하나?"

"아니, 이 새끼가 진짜 죽으려고 환장을 했나."

참다못한 박이한이 혁준의 멱살을 거칠게 틀어쥐었다. 하지만 그렇게 틀어쥔 멱살은 혁준의 가볍게 뿌리치는 손길에 간단히 풀려 버렸다.

풀려 버린 정도가 아니라 여력을 이기지 못하고 박이한이 몸을 휘청하며 뒷걸음질 치기까지 했다.

순간, 박이한의 얼굴이 분노로 일그러졌다.

"이런 개자식이!"

급기야 혁준을 향해 주먹을 날린다.

나름 주먹 하나로 이 일대를 장악했던 박이한이다. 그만큼 성질에 받쳐 질러댄 주먹은 거칠고 빨랐다. 하지만 그의 주먹이 혁준의 면상을 날려 버리려는 찰나.

쾅!

돌연 뇌리에서 천둥이 울리는 듯한 소리와 함께 눈앞이 번쩍인다 싶은 순간.

"쿠억!"

도리어 신음성을 토하며 룸 가장자리까지 날려가서는.

쿠당탕탕!

술병과 안주가 널려 있는 테이블 위로 아무렇게나 구겨져 나뒹구는 박이한이다. 하지만 맷집은 좋은지 그 정도로 정신을 잃지는 않았다.

아니, 요란하게 나가떨어진 것과는 다르게 신기할 만큼 별 타격이 없었다.

"으……."

다만 뭐가 어떻게 된 건지 몰라 얼떨떨할 뿐이다. 물론 그 얼떨떨함 뒤에 밀려드는 것은 굴욕감과 분노였다.

눈이 돌아갔다.

"너 이 새끼, 오늘 사람 잘못 건드렸어!"

비틀거리며 몸을 일으켜서는 아무렇게나 손에 잡히는 대로 술병을 집어 들었다. 그러곤 테이블에 강하게 내려쳤다.

쨍그랑!

그리해 술병은 삽시간에 흉기로 변했다. 분노로 희번덕거리는 눈에도 살기가 가득했다.

"그거 내려놓지?"

"왜? 쫄리냐, 씹새야? 너 오늘 사람 잘못 건드린 거라니까!"

그렇게 버럭 외치며 테이블 위를 뛰어올라서는 정말로 혁준을 죽이기라도 할 듯이 달려든다.

그러나 혁준이 그보다 빨랐다.

혁준을 향해 달려들며 박이한이 막 테이블을 박차려는 순간 그보다 먼저 혁준이 테이블을 걷어찼고, 그 바람에 마지막 도움닫기를 하려던 박이한의 발이 허공을 밟으며 중심이 흐트러졌다.

"어?"

그렇게 허공중에 헛발을 디디며 당혹감에 빠지는 중에도 급히 혁준을 찾는 박이한이다. 하지만 그는 혁준의 얼굴을 보지 못했다.

그 순간 그가 본 것은 불가항력적으로 중심이 앞으로 쏠리고 있는 그의 얼굴을 향해 도끼로 내려찍듯이 찍어오는 혁준의 주먹이었다.

아까는 어떻게 당했는지도 몰랐지만, 이번만큼은 확실하게 눈에 보였다.

그런데도 막을 수 없었다. 피할 수도 없었다. 뻔히 눈에 보이는데도, 그래서 서늘한 공포가 전율처럼 등허리를 훑고 가는데도 아무것도 할 수 없었다.

이윽고.

콰앙—!

뇌리에서 벼락이 쳤다.

혁준의 일격은 아까와는 차원이 달랐다. 아까는 요란만 했지 밀어내듯 쳐낸 거라 실제로 타격은 그다지 없었다. 박이한이 정신을 잃지 않은 것도 사실은 그래서였다.

하지만 이번만큼은 조금도 사정을 두지 않았다. 박이한이 손에 흉기를 든 순간 혁준은 마음에 한 톨 남아 있던 자비를 지워 버린 것이다.

그리해 자비 없는 주먹이 박이한의 얼굴에 내리꽂혔고, 그 주먹에 당한 박이한은 머리부터 사정없이 바닥에 내동댕이쳐졌다.

그것으로 끝이었다.

몇 번 꿈틀거리는가 싶더니 죽은 건가 싶을 정도로 이내 축 늘어져 버린 것이다.

물론 죽지 않았다. 딱 죽지 않을 만큼만 때렸다.

'그렇다고는 해도 아마 몇 달은 간병인 없이 똥도 제대로 누지 못하겠지.'

술자리 시비치고는 조금 심했나 하는 자책이 들기도 했다. 그런데 그때였다.

갑자기 밖에서 소란이 인다 싶은 순간.

"혀, 형님!"

"너 이 새끼, 형님한테 무슨 짓을 한 거야!"

딱 보기에도 양아치처럼 차려입은 건장한 사내들이 룸 안에 펼쳐진 광경을 보며 더러는 놀란 눈을 하고 더러는 살기등등한 눈빛을 혁준에게 던져온다. 심지어 개중에는 대뜸 회칼부터 뽑아 드는 자들도 있었다.

혁준은 어이없다는 눈으로 바닥에 널브러져 있는 박이한을 내려다보았다.

'무슨 실업 대표라더니, 뭐야? 그냥 깡패 새끼였잖아?'

아무래도 여기가 그들 구역쯤 되는 모양이다.

잠시 그렇게 어이없다는 눈으로 박이한을 내려다보던 혁준이 이내 다시 문 앞에서 당장에라도 뛰어들듯이 흉흉한 기세를 뿌려대고 있는 사내들을 쓱 훑어보며 말했다.

"그 칼들 집어넣지?"

"뭐?"

"여기 너네 형님처럼 똥 수발 받기 싫으면 그 칼들 집어넣

으라고."

혁준은 어디까지나 그들을 걱정해서 한 말이었다. 하지만 오히려 박이한을 저렇게 만든 것이 혁준임을 알게 된 깡패들의 노화는 걷잡을 수 없을 지경이 되었다.

"죽여! 저 새끼 죽여 버려!"

룸 안으로 깡패들이 뛰어들어 혁준을 덮쳤다.

더러는 몽둥이를 휘두르고 더러는 꺼내 든 회칼을 휘두른다.

그야말로 살벌하기 그지없는 일 대 다수의 난투극.

물론 그래봤자 초인적인 신체 능력에다 세계 최고 용병들과의 대련으로 단련된 혁준이다. 이런 양아치 깡패쯤이야 어린애 손목 비트는 것보다도 쉬웠다.

좁은 룸 안에서 그야말로 무협 활극이 벌어졌다.

당연히 주인공은 혁준이다.

2m를 붕 날아오르더니 가장 선두에서 달려드는 덩치의 얼굴을 걷어차 버린 것을 시작으로.

"컥!"

옆구리를 찔러오는 회칼을 피함과 동시에 팔을 낚아채서는 관절의 반대 방향으로 홱 꺾어버린다.

우드득!

"끄악!"

뼈가 부러지는 소름 끼치는 소리에 이어 귀곡성 같은 처절한 비명이 룸 안을 가득 채운다.

혁준은 거침이 없었다. 손에 사정도 두지 않았다. 혁준의 손과 발이 닿는 곳에는 어김없이 뼈가 부러지고 비명이 터졌다.

그리해 살벌하고 흉흉하던 룸 안은 채 10분도 되지 않아 거짓말처럼 조용해졌다.

"으으으으……."

아무렇게나 널브러진 양아치 패거리의 입에서 간간이 앓는 신음만 나올 뿐.

그렇게 활극의 주인공이 되어 홀로 우뚝 선 혁준이 자신이 만들어놓은 작품을 쓰윽 둘러본다. 그러다 강민에게 시선이 닿았다.

룸 안에서 펼쳐진 활극에 얼이 빠져 있던 강민은 혁준의 눈길에 저도 모르게 화들짝 놀라며 겁먹은 눈을 했다.

그런 강민의 모습은 더 이상 마운드의 황태자도, 대한민국의 차세대 스포츠 스타도 아니었다. 압도적인 폭력 앞에서 그저 가여울 정도로 무기력한 평범한 청년일 뿐이었다.

'하긴, 제아무리 대단한 야구선수라고 해봤자 나이로 따지면 아직 어린애지.'

그 어린애가 벌써부터 나쁜 유혹에 빠져서 이런 곳에서 스폰서에게 접대나 받고 있다는 게 더 한심한 노릇이지만 말이다.

혁준은 아깝디아까운 청춘을 함부로 낭비하고 있는 이 바보 같은 어린애의 인생이 불쌍해서 인생 선배로서 한마디 충고를 해주려 했다.

그런데 그때였다. 갑자기 밖에서 부산한 발소리가 들린다 싶더니.

"뭐야? 대체 이게 다 무슨 일이야?"

룸으로 일단의 사내들이 들이닥쳤다.

발소리만 들었을 때는 여기 널브러진 양아치들과 같은 패거리라 생각했다. 하지만 막상 모습을 드러낸 일단의 사내들은 양아치들과는 완전히 다른 종류의 사람들이었다.

"이거 다 당신이 그랬어? 술을 마실 거면 곱게 처마실 것이지 왜 비싼 술 마시고 술집에서 행패야! 야, 김 순경, 이 사람 어서 체포해!"

혁준을 보며 사납게 눈알을 부라리는 자들은 다름 아닌 경찰이었다.

"자, 잠깐만요! 혁준인 정당방위예요! 먼저 공격한 건 이 사람들이라고요!"

김 순경이라 불린 사내가 혁준의 손에 수갑을 채우려 하자 민수가 급히 말리며 억울함을 호소했지만.

"그거야 서에 가서 조사해 보면 되는 거고!"

씨알도 먹히지 않았다. 달라붙는 민수를 옆으로 밀쳐 버리고는 끝내 혁준의 팔에 수갑을 채운다.

"혁준아……."

민수가 당혹감을 고스란히 드러내며 혁준을 본다.

그러나 정작 혁준은 태연했다.

사실 그가 마음만 먹으면 이딴 수갑쯤이야 전화 한 통이면 풀 수 있다. 경찰들이 들이닥친 그 순간만 해도 괜히 일이 번거로워질까 싶어 차유경에게 전화를 넣을 생각이었다.

하지만 관뒀다.

경찰들의 태도 때문이다. 물론 당장 눈에 들어오는 광경만 보자면 그가 가해자의 위치에 있는 것은 맞았다. 선후를 따지지 않고 결과만 놓고 본다면 일방적인 폭행인 것도 맞았다.

문제는 저기 널브러져서 끙끙 앓아대고 있는 자들은 험악한 얼굴에 건장한 체구, 그리고 온몸에 새겨진 문신까지 딱 봐도 양아치들이라는 것이다.

그의 눈에도 그렇게 보이는데 하물며 경찰들의 눈에야 오죽할까. 그런데도 정작 양아치들은 내버려 두고 그에게만 수갑을 채우려 한다.

심지어 그에게 수갑을 채우라 한 경찰은 피떡이 되어 있는 박이한에게 다가가서는.

"이봐, 박 사장. 괜찮아? 괜찮은 거야? 어이, 거기 뭣들 하고 있어! 어서 119에 연락해!"

그렇게 호들갑을 떨어대더니 제 일이라도 되는 것처럼 씩씩 성을 내며 혁준의 멱살을 잡아챈다.

"너 이 새끼, 뭐 하는 새끼야? 깡패야? 양아치야? 뭐든 간에 너 오늘 사람 잘못 건드렸어! 평생 콩밥 먹을 각오 해야 할 거야!"

으름장까지 놓아대는 꼴이 뒷돈이라도 받아 처먹은 모양이다. 그리고 그 혼자만이 아니다.

같이 온 경찰들은 물론이고 그에게 수갑을 채운 아직 새파란 신참까지도 그를 대할 때와 양아치들을 대할 때의 태도가 확연히 차이가 났다.

뒷골목 주먹들과 경찰과의 은밀한 밀월이야 대수로울 것도 없는 일이지만 경제특구를 제외하고 나름 대한민국의 중심지라 불리는 지역의 경찰들이 죄다 이 지경이라는 게 의외이다 못해 호기심마저 불러일으켰다.

'어디 얼마나 썩었는지 한번 볼까?'

그렇게 단순한 호기심에서 순순히 경찰서로 끌려간 것이었는데, 박이한의 영향력은 그가 생각한 것 이상으로 컸다.

제61장
한번 끝까지 가보죠

혁준은 조사를 받고 있는 중이다.

물론 조사라고 해봤자 주민번호 대라는 경찰의 윽박지름과 시종일관 묵비권으로 일관하는 혁준의 다람쥐 쳇바퀴 도는 상황극일 뿐이었지만 말이다.

의아한 것은 현장에 있던 사람은 스무 명이 넘는데 경찰서에 끌려와 조사를 받고 있는 것은 피의자인 자신과 공범 혐의를 받고 있는 민수뿐이라는 것이다.

죄다 묵사발이 났으니 양아치들이야 조사를 받을 상황이 못 된다지만 가장 중요한 참고인인 강민마저 이 사건에서 쏙 빠졌다.

피해자도 참고인도 없이 대체 무슨 조서를 꾸민단 말인가?

그렇게 혁준이 의아해하고 있을 때다.

벌컥 문이 열리며 말끔한 제복 차림에 어깨며 가슴에 뭔가 이것저것 많이도 달고 있는 중년인이 폭력 1계 안으로 들어서며 버럭 고함을 쳐댔다.

"누구야! 누가 박 사장을 팼어!"

그러자 폭력 1계 안에 있던 경찰들이 죄다 기립해서는 급히 경례를 취한다.

"충성!"

"누구냐니까? 누가 이 법치국가에서 박 사장 같은 선량한 시민에게 폭력을 행사한 거야?"

경찰들의 눈이 일제히 혁준을 향하고, 이를 확인한 중년의 사내가 혁준의 앞으로 성큼성큼 걸어와서는 언짢은 눈으로 혁준의 위아래를 훑는다.

"당신이야? 당신이 박 사장을 그렇게 만들었어? 가만, 낯이 익은데? 너 나랑 본 적 있지? 여기 처음 아니지? 이거 이거, 상습범이로구만, 상습범이야!"

각종 매체를 통해 혁준의 얼굴 한번 보지 못한 사람이 세상 어디에 있겠는가. 이 중년인은 그러한 낯익음을 이유로 혁준을 상습범으로 몰고 갔다.

하긴 이런 자리, 이런 상황에서 기가스컴퍼니의 이름을 떠올리는 것이 더 비현실적이긴 했다.

물론 이름표에 이선동이라 적힌, 총경 계급장을 보자면 이곳 경찰서장인 듯 보이는 경찰 고위직 간부께서 양아치 하나 때문에 친히 이곳까지 방문해서 이렇게 버럭거리는 것부터가 더 비현실적이지만 말이다.

"야, 주원일이."

"예!"

"이 새끼 신원 파악됐어?"

"그게 아직… 도통 입을 열지 않습니다."

"전과 조회는?"

"그건 아직……."

"뭐? 일 처리를 어떻게 하는 거야! 딱 봐도 사고깨나 쳤을 것 같은데 전과 조회부터 했어야 할 거 아냐! 당장 지문 따서 전과 조회하고, 먼지 하나 남기지 말고 모조리 탈탈 털어! 알겠어?"

"그러실 것 없습니다. 그 먼지 제가 털죠."

경찰서장의 말에 대답한 것은 조서를 꾸미고 있던 주원일 형사가 아니라 언제 들어왔는지 말끔한 정장 차림의 사내였다.

그 사내를 본 경찰서장이 놀란 눈을 하고 물었다.

"박 검사… 박 검사가 왜 여길?"

"박 사장이 제 동창인 거 잘 아시잖습니까? 명색이 동창 일
인데 가만히 있을 수가 있습니까?"

서로 잘 아는 사이인 듯 그렇게 이야기를 주고받는다. 그런
그들의 대화를 듣고 있는 혁준은 그저 기가 막힐 노릇이다.

경찰서장에 이어 이젠 검사 영감까지. 동창이네 어쩌네 하
지만 그거야 구실일 뿐이고, 귀찮은 내색 팍팍 풍기면서 혁준
을 보는 것을 보면 자발적으로 달려온 것이 아니었다.

그것이 더 뜻밖이다. 자발적으로 달려오지 않았다는 건 박
이한에게 대한민국 검사를 억지로 움직이게 할 만한 힘이 있
다는 뜻이니까.

더 기가 막힐 노릇은 그다음이었다.

박 검사라는 사람의 제안에 이선동 경찰서장이 마뜩잖은
표정을 짓는다.

"박 검사, 아무리 그래도 그렇지, 엄연히 절차라는 게 있는
데 아직 검찰에 송치도 하기 전에 이러는 건 아니지. 게다가
이런 일은 우리가 전문이고. 조사를 마치면 우리가 어련히 알
아서 넘겨줄 텐데 뭐 하러 바쁜데 여기까지 와?"

검경 간의 자존심 문제인지 이선동이 완고하게 나오자 그
마저도 귀찮다는 듯 자신의 핸드폰을 꺼내 어디론가 전화를
걸더니 대뜸 이선동에게 그 폰을 넘긴다.

"절차를 따지려면 이 전화부터 한번 받아보신 다음에 따지시죠?"

얼결에 폰을 받아 든 이선동이 무슨 짓이냐는 듯 박 검사를 보다가 무심결에 화면에 뜬 이름을 확인하고는 화들짝 놀라며 황급히 폰을 얼굴에 가져다 댄다.

"저, 정 의원님이 아니십니까? 예, 이선동입니다. 예, 예, 아무렴요. 여부가 있겠습니까. 예, 예. 그럼 그렇게 처리하겠습니다."

연신 굽실굽실 '예'만 남발하던 이선동이 폰을 끊고는 이마의 땀을 훔친다. 그런 그를 보며 박 검사가 한마니 툭 던졌다.

"그럼 이제 제가 인계해 가도 되겠죠?"

"그래그래, 그래야지. 정 의원님 뜻이라고 진즉에 말을 하지 그랬나?"

"아니면 총선 비리 관련해서 한창 눈코 뜰 새 없이 바쁜 이 와중에 만사 제쳐두고 여기까지 달려왔겠습니까?

아닌 게 아니라 어찌 보면 별것 아닌 폭력 사건이다. 술집에서야 하루가 멀다 하고 벌어지는 흔해빠진 폭력 사건에 서울 중앙 지검의 검사인 그가 이렇게 발 벗고 달려온 것은 높은 곳에서 걸려온 전화 한 통 때문이었다.

—박 검사, 나 정수찬인데, 성운실업 박 사장 말이야. 거기 사고가 좀 터진 모양이야. 강민이라고, 꽤 유명한 야구선수도 엮여 있다고 하니까 괜히 말이 불거지기 전에 자네가 좀 조용히 처리해 줘. 야구선수 이름이 괜한 데 엮여서 신문에라도 나오면 우리 서로 곤란하잖아? 안 그래?

단순히 외압 때문에 움직인 것은 아니었다.

박이한과 강민이란 이름에 한데 엮여서 좋을 것이 없는 것은 그 역시 마찬가지였다.

그리고 그건 이 안에 있는 경찰 모두가 별반 다를 것이 없을 것이다. 이선동 서장을 포함해서 말이다.

그리해 일은 수월하게 풀렸고, 세상 무서운 줄 모르고 건드려서는 안 될 사람을 건드린 재수 옴팡지게 없는 피의자를 검찰청으로 데리고 가려는데.

"나도 전화 한 통 쓰지."

피의자가 그를 보며 수갑을 찬 채로 손을 내민다.

자신이 검사라는 것까지 들었을 텐데도 저 당당한 표정이며 오만한 눈빛이며 전화 한 통 쓰겠다며 손을 내미는 저 시건방진 태도는 뭐란 말인가?

'그러고 보니 낯이 익은데……'

그 역시 그 얼굴에서 권혁준이란 이름도, 기가스컴퍼니란 이름도 차마 떠올리지 못하고 있는 그때, 혁준이 내민 손을 거두며 박 검사의 뒤로 눈길을 던졌다.

"전화는 필요 없겠군. 마침 저기 오는군."

의미를 짐작할 수 없어서 혁준의 시선이 향한 곳으로 의아히 눈을 던지는데, 그런 그의 시야로 한 무리의 사람들이 폭력 1계의 문을 넘고 있었다.

"기가스컴퍼니 한국지사 고문변호사를 맡고 있는 김희원입니다."

폭력 1계에 들이닥친 여덟 명의 사내 중 하나가 그렇게 말하며 명함을 내민다.

이선동 서장이 그 명함을 받아 들며 얼떨떨해한다.

기가스컴퍼니의 고문변호사라니?

그런 세계적인 기업의 고문변호사가 이런 곳에 무슨 볼일이란 말인가?

얼떨떨해하는 것은 이선동만이 아니었다. 폭력 1계의 형사들은 물론이고 박 검사까지 무슨 일인가 싶어 의아한 표정을 짓고 있다.

그러한 시선들 속에서 스스로를 기가스컴퍼니의 고문변호사라고 밝힌 김희원이 혁준을 본다.

"별일 없으셨습니까?"

"별일이 없었으면 내가 여기 있겠습니까? 근데 어떻게 알고 왔습니까?"

"차유경 부대표님이 연락을 주셨습니다."

하긴 아무리 개인사로 나왔다고 해도 그녀가 그를 그냥 보냈을 리가 없다.

'이거 잔소리깨나 듣겠는데?'

세계를 한 손으로 쥐락펴락하는 기가스컴퍼니의 대표가 채신머리없이 양아치들이랑 싸움질이나 해서 경찰서에 끌려와 있으니 오죽 기막혀할까. 모르긴 몰라도 돌아가는 대로 그의 신변에 문제가 생기면 세계가 휘청거린다느니 기가스컴퍼니 대표로서 자각 좀 하라느니 잔소리깨나 할 것이다.

그걸 생각하니 벌써 머리가 지끈거리는데.

"헉! 귀, 권혁준 대표!"

그제야 혁준을 알아보았는지 폭력 1계 경찰들 중 하나가 놀라서 외쳤다.

"어? 진짜잖아? 진짜 권혁준 대표야!"

이어진 경악성에 폭력 1계는 삽시간에 시끌벅적 소란스러워졌다.

술집에서 난동을 부려 잡아온 자가 권혁준이라니? 기가스컴퍼니 대표라니? 누군들 놀라지 않겠는가.

그렇게 모두가 충격에 빠져 있는 사이, 김희원이 이선동에게 말했다.

"저희 대표님께선 한국에서의 일정 관계로 여기에 오래 계실 수 없는 상황입니다. 아시겠지만 도주에 우려가 있는 것도 아니고, 조사는 차후에 따로 시간을 내서 받는 걸로 하고 일단은 신변을 인도받았으면 합니다만?"

김희원에 말에 이선동이 얼떨떨해하는 중에도 본분은 잊지 않고 조심스럽게 대꾸한다.

"아무리 그래도 현행범으로 체포되신 상황이라 조사는 받으셔야……."

하지만 그의 말이 채 끝나기도 전이다.

따르르릉!

전화벨 소리가 울리고 그 전화를 받은 경찰이 당황한 목소리로 이선동을 찾는다.

"저, 저기 서장님……."

"왜? 무슨 일이야? 누구 전환데?"

"처, 청장님이십니다. 청장님께서 서장님을 바꾸라고……."

"뭐? 청장님이?"

이선동이 화들짝 놀라서 급히 수화기를 건네받는다.

수화기를 건네받아 귀에 대는 순간이었다.

―당신 미쳤어! 누구 모가지 날아가는 꼴을 보고 싶어서 그

래! 지금 누굴 잡아놓고 있는 거냔 말이야!

경찰청장의 노발대발한 목소리가 쩌렁쩌렁하게 고막을 파고든다.

―지금 청와대고 대사관이고 얼마나 난리가 났는지 알기나 해? 당장 풀어드려! 당장 풀어드리고 당신은 나한테 당장 튀어와! 튀어와 자세한 경위 보고를 하라고!

전화를 받는 내내 진땀을 뻘뻘 흘리는 이선동이다. 전화를 끊고 난 후에도 얼이 빠진 얼굴이다. 혼이 쏙 나갔다. 이 모든 상황이 그저 지독한 악몽 같기만 하다.

그런 이선동을 보며 혁준이 몸을 일으켰다.

"분위기로 보아하니 여기 더 안 있어도 될 것 같은데, 저 조사 더 받아야 합니까?"

"아, 아닙니다. 조사는 무슨. 기가스컴퍼니의 대표라는 걸 진즉에 말씀하시지 그러셨습니까? 그랬으면 대표님께 저희가 이렇게 무례를 범하는 일도 없었을 텐데요. 이, 이게 다 여기 이 사람들이 공무를 열심히 하다 범한 실수이니 아무쪼록 결례를 용서해 주십시오."

혁준에게 허리를 굽실거린다.

그러고 보면 폭력 1계의 문을 박차고 들어올 때만 해도 당당하고 서슬 퍼렇던 이선동이건만 아이러니하게도 그로부터 벌써 세 번째 굽실거린다.

물론 그중 가장 깊이 허리를 숙인 건 혁준에게였다. 시원하게 벗겨진 정수리가 훤히 다 보일 정도였다.

혁준이 이번엔 박 검사에게로 눈길을 던졌다.

"검사 양반은 어떻습니까? 같이 검찰로 갈까요?"

혁준의 질문에 순간 움찔하는 박 검사다. 하지만 그것도 잠시, 슬그머니 걸음을 뒤로 물리며 고개를 젓는다.

"아, 아닙니다. 아무래도 저희가 나설 일이 아닌 것 같군요."

아까는 동창의 일이라 가만있을 수 없다느니 먼지는 자기가 털겠다느니 해놓고는 말 참 쉽게도 바꾼다.

그래도 아주 철판은 아닌지 혁준을 차마 마주 보지 못하고 애써 눈을 돌려 외면한다.

피식 실소를 흘린 혁준이 다시 이선동을 보며 확인하듯 물었다.

"그럼 제가 여기 더 남아 있을 이유가 없군요. 이만 가봐도 되겠습니까?"

"그, 그럼요. 당연히 가보셔도 되고말고요."

"그럼 나중에 조사가 더 필요하면 다시 오겠습니다."

"아닙니다, 아닙니다. 저희 선에서 깔끔하게 처리할 것이니 신경 쓰실 것 없습니다."

뭘 어떻게 처리하겠다는 건지는 모르겠지만 어쨌든 그렇

게 경찰서를 나온 혁준이다. 경찰서에서 나온 혁준이 민수에게 말했다.

"이거 미안해서 어쩌지? 급한 볼일이 생각나서 말이야. 아무래도 술은 다음에 해야 할 것 같은데?"

"아, 난 신경 쓰지 마. 괜히 나 때문에 이런 일에 휘말려서… 내가 면목이 없지."

"이게 왜 너 때문이냐? 다 내가 성질나서 저지른 일인데. 아무튼 바로 연락할 테니까 다음에 한잔해. 내가 근사한 곳에서 한턱낼 테니까."

그렇게 민수와는 다음을 기약하고 혁준은 그길로 자신의 사무실로 돌아왔다. 아니나 다를까, 얼굴을 보자마자 잔소리를 퍼부어대는 차유경이다.

"대체 어떻게 된 거예요? 깡패들과 싸움이라니? 그러다 자칫 사고라도 당하면 어쩌시려고요? 가뜩이나 헬륨3다 차세대 에너지원이다 하며 전 세계를 발칵 뒤집어놓고 자신의 위치에 대한 자각이 너무 없으신 거 아니에요? 대표님 신변에 작은 문제라도 생기면 세계가 홍역을 앓는단 말이에요."

그야말로 말썽 피우다 걸려서 선생님께 꾸중 듣는 학생이 된 기분이지만 치켜뜬 눈은 예쁘고 땍땍거리는 목소리는 은근히 섹시하다.

더구나 진심으로 그를 걱정해서 하는 잔소리임을 알기에 딱히 그 잔소리가 싫지는 않았다. 하지만 지금 혁준에겐 다른 급한 일이 있었다.

"그보다… 좀 알아봐 줬으면 하는 게 있는데……."

"박이한이라는 자에 대한 것 말인가요?"

"……."

언제나 느끼는 거지만 이 여자, 좀 무섭다.

자신의 속을 너무 훤히 꿰고 있다.

"혹시 어디서 독심술이라도 배웁니까?"

"그냥 궁금해하실 것 같아서요."

사실 그녀가 직접 혁준을 데리러 가지 않은 것도 그를 데리러 가는 시간에 차라리 그가 알고 싶어 하는 걸 하나라도 더 조사하는 것이 그에게 더 도움이 된다고 판단해서였다.

"그래서요?"

"방금 그자에 대한 1차 보고서가 올라왔습니다."

"그새 조사까지 한 겁니까?"

"시간이 촉박해서 세세한 것까진 아직이지만, 대표님께서 궁금해하실 것은 얼추 다 조사가 된 것 같아요."

일 처리 한번 빠르기도 하다.

"그래서 박이한이란 인간, 뭐 하는 인간이랍니까? 무슨 성운실업인가 하는 곳의 사장이라고 하던데……. 근데 경찰서장에 검사에 국회의원까지 뒤를 봐주는 것 같고… 진짜 뭐 하는 인간입니까?"

"성운실업은 그냥 산업용 제지를 만드는 중소기업이에요. 나름 건실한 기업이죠."

"그런 인간이 건실하게 사업을 할 리가 없을 텐데요?"

"맞아요. 어디까지나 겉으로 드러난 것만 보자면 그렇다는 거죠. 박이한이 진짜 하는 일은 불법 도박 사이트를 관리하는 일이에요."

"불법 도박 사이트?"

"예, 모두 열세 개의 사이트를 관리 중이죠."

혁준이 미간을 찡그렸다.

"검사에 정치인까지 움직인 것치고는 스케일이 너무 작은데?"

"그렇게 생각할 일이 아니에요. 작년 한 해 박이한이 관리하는 총 열세 개의 사이트에서 오간 판돈이 4조 원이 넘어요."

"에? 4조 원이나?"

"예, 카지노에서부터 경마, 스포츠 승부 조작까지… 건드리지 않는 분야가 없죠. 그렇게 해서 그가 작년 한 해 벌어들인 돈이 천이백 억이구요."

"……"

"더 놀라운 건 수조 원의 판돈을 관리하는 그가 그저 중간 관리자에 불과하다는 거죠. 그의 뒤에는 국내 최대의 불법 도박 사이트 운영 조직이 있어요. 그 조직이 운영하는 불법 도박 사이트는 모두 백이십 개가 넘고 매년 천문학적인 돈을 벌어들이고 있죠. 그리고 그중 상당액이 이 나라 각계각층의 실권자들에게 흘러가고 있구요. 경찰, 검찰, 정계까지 그들의 손이 닿지 않는 곳이 없다고 보면 돼요."

불법 도박 사이트에 대해 무지한 그로서는 들으면 들을수록 입이 쩍 벌어지는 이야기다.

"이놈의 나라, 아주 도박쟁이 소굴이 다 됐구만."

"우리에게도 일말의 책임은 있어요."

"책임이라뇨?"

"아시아 경제특구의 중심, 그리고 기가스컴퍼니 대표의 모국, 이 두 가지 호재로 인해서 대한민국의 경제는 비약적으로 발전했죠. 경제특구는 말할 것도 없고 시 외곽의 낙후 지역조차 1인당 소득액이 십만 불을 넘겼으니까요."

"그러니까 갑자기 돈은 막 벌리는데 딱히 쓸데가 없다. 그래서 불법 도박에 빠졌다?"

"소득은 높아졌지만 오히려 행복 지수는 낮아졌어요. 한국의 경제특구는 거의 완벽한 유토피아로 불릴 만큼 살기 좋은 도시니까. 유토피아에서 사는 경제특구의 시민들과 자신들의 삶을 그들은 늘 비교하면서 살 수밖에 없는 거죠. 그러니 상대적 박탈감이 클 수밖에요. 그 공허한 마음을 파고들어서 급격히 덩치를 불린 것이 바로 불법 도박 사이트죠. 지금은 거대 공룡이 되어서 이 나라를 좀먹고 있는 실정이구요. 대표님이 프랑스에 계시는 동안 한국은 이미 자살이다 뭐다 해서 불법 도박 사이트가 심각한 사회 문제로 대두된 지 오래예요."

"그렇게까지 되도록 정치하는 인간들은 뭐 하고 있었답니까?"

"말씀드렸잖아요. 수익의 상당액이 각계각층의 실권자들에게로 흘러들어 가고 있다고. 불법으로 만들어지는 돈인 만큼 거기에서 만들어지는 비자금은 한계도 부작용도 없어요."

불법 도박 사이트 운영 조직은 리미트 없는 비자금을 뿌려대고 정치인들은 거리낌 없이 그 돈을 받아먹고 있었다.

그러니 불법 도박 사이트가 나라를 좀먹든 말든, 심각한 사회 문제로 여겨지든 말든 아예 막을 의지 자체가 없는 것이다.

"그래서 그 양아치 하나 때문에 경찰서장에 검사에 정치인까지 움직인 거로군."

스포츠 승부 조작에도 손을 댄다고 했으니 어쩌면 강민과도 단순한 스폰서 관계가 아닐 수 있었다.

"혹시 박 검사라는 자에 대해서도 조사된 게 있습니까?"

"서울 중앙 지검의 박형일 검사예요. 그리고 정 의원이라 불린 사람은 현 여권 실세 중 하나인 정수찬 4선 의원이구요."

"당연히 박이한이란 놈한테 받아 처먹은 게 있으니까 그렇게들 나선 거겠죠?"

어디 그들뿐이랴. 이선동 경찰서장과 그에게 수갑을 채운 폭력 1계 형사들도 액수의 차이만 있을 뿐 뒷돈 받고 그동안 하수인 노릇 톡톡히 해댔을 게 틀림없었다.

"어떻게 할 생각이세요?"

"나한테도 일말의 책임이 있다면서요? 나로 인해 생겨난 폐단이라면 정화를 하든 청소를 하든 해야 하지 않겠습니까? 책임감 있게!"

*　　　　*　　　　*

"뭐? 기가스컴퍼니의 권혁준 대표?"

정수찬이 어리둥절한 표정을 지으며 수화기를 본다.

박형일 검사의 전화다. 그런데 그의 입에서 전혀 생각지도 못한 이름이 불쑥 튀어나왔다.

박이한이 폭행을 당했고 그 자리에 야구선수 강민이 동석

해 있었다는 소식에 혹시라도 일이 커질까 봐 급하게 박형일

을 보낸 것인데, 난데없이 기가스컴퍼니라니? 권혁준이라니?

"대체 그게 무슨 말인가? 알아듣게 얘길 해봐."

―알아듣게 얘기하나마나 박 사장을 폭행한 게 권혁준 대

표였단 말입니다!

수화기 너머에서 들려오는 박형일의 목소리가 거칠다. 그

목소리에서 어지럽고 불안한 심사가 고스란히 전해진다.

하지만 정수찬은 아직도 뭐가 뭔지 정신을 차릴 수가 없었

다.

"기가스컴퍼니의 대표가 대체 왜 박 사장을 폭행해?"

아니, 그런 사람이 박 사장과 엮일 일이 뭐가 있단 말인가?

박이한과는 사는 세계가 다른 사람이다. 그가 죽었다 깨어나

도 만날 일이 없는 사람인데 술집에서 그를 폭행한 것이 권혁

준이라니?

정말이지 무슨 안 좋은 꿈이라도 꾸고 있는 것만 같았다.

―이제 어쩝니까? 이대로 그냥 넘어가면 다행이지만 그게

아니라면 상당히 골치 아파질 수도 있는 일이 아닙니까?

"그게 무슨 말인가? 그냥 넘어가지 않는다니? 단순한 폭행

사건이라고 알고 있는데… 설마 이번 일이… 권혁준 대표와

엮인 게 우리 일과 관계된 것인가?"

―그건 아닙니다. 저도 따로 알아보니까 권혁준 대표의 동

창 때문에 우연히 벌어진 싸움이라고 합니다. 하지만 그 뒤처리가……

"뒤처리가 왜?"

—아무도 권혁준 대표인 걸 알아보지 못했다고 합니다. 그래서 경찰들이 다소 무례를 범하기도 했고… 저도……. 그러게, 검사인 제가 낄 일이 아니었지 않습니까?

박형일의 목소리엔 원망마저 담겼다.

그제야 사태 파악이 되는 정수찬이 불현듯 떠오른 생각에 급히 물었다.

"혹시 자네, 내 얘기도 했는가?"

—의원님 얘기라뇨?

"내 이름도 얘기했는가 말일세!"

—아뇨. 제가 의원님 이름을 왜 얘기하겠습니까? 다만……

"다만?"

—이선동 경찰서장과 통화하실 때 옆에 있긴 했습니다.

박형일의 말에 정수찬은 이선동과의 통화 당시를 떠올려 보았다.

'내 이름은 나오지 않은 것 같긴 한데……'

그러나 안심할 수 없었다. 기가스컴퍼니의 정보력은 이제 미국 CIA보다도 뛰어나다고 알려져 있었다. 실제로 그 정보력으로 막강한 부시 행정부를 무너뜨리지 않았는가.

권혁준이 알려고만 한다면 이선동과 통화한 자가 누구인지 알아내는 건 그야말로 식은 죽 먹기일 것이다.

가슴속에 서늘한 찬바람이 분다.

"대체… 박 사장 그 인간은 왜 그런 사람이랑 엮여서는……."

괜한 원망이 부질없이 박이한을 향한다.

─이대로 있을 수는 없지 않겠습니까? 만일의 사태에 대비를 해둬야지 않겠습니까? 일이 꼬이면 진짜 우리 다 죽습니다!

박형일이 답답한 속을 여지없이 드러낸다.

박형일의 말대로다. 자칫 잘못하면 다 죽는다. 아예 대한민국의 정계가 풍비박산이 나버릴 수도 있었다. 상대는 능히 그럴 수 있는 사람이었다.

"호들갑 떨지 말고 얌전히 있으시게. 따지고 보면 박 사장과의 사사로운 다툼일 뿐인데 이런 일로 우리한테까지 칼이 들어오겠는가. 게다가 듣자 하니 핵융합이다 신에너지원이다 하며 뭔가 일을 크게 벌이고 있는 것 같기도 하고. 이런 자잘한 일에까지 신경 쓸 겨를이 없을 거야."

─하지만…….

"물론 그렇다고 해서 무작정 아무 일 없기를 손 놓고 기다릴 수는 없는 일이지. 내가 다 알아서 처리할 것이니 자네는 그냥 얌전히 기다리고 있게."

그렇게 박형일과의 통화를 마무리한 정수찬은 다시 어딘가로 수화기 버튼을 눌렀다.

*　　　*　　　*

"예? 강등이요?"

차유경이 가져온 소식에 혁준이 눈살을 찌푸렸다.

"예, 이선동 경찰서장이 총경에서 경감으로 두 계급 강등 당했고 현장을 지휘한 주원일 반장은 경감에서 경위로 한 계급 강등, 나머지 폭력 1계 형사들은 전부 3개월 정직 처분을 받았어요."

"갑자기 왜?"

"아무래도 무마 차원에서 윗선에서 손을 쓴 것이 아니겠어요?"

"단지 날 잡아들였다고 경찰서장을 두 계급이나 강등시켰다고? 그거 징계가 너무 과하잖아?"

"당연히 경찰 내부에서 자체적으로 떨어진 징계는 아닐 거예요."

"경찰 내부가 아니라면… 혹시 정수찬 의원이?"

"어떤 경로를 통했는지는 좀 더 정보를 모아봐야겠지만 그가 손을 쓴 건 틀림없을 거예요."

"그러니까 이번 사건에 관련되어 내 심기를 건드린 자들에게 먼저 벌을 준 거다?"

"화해의 의미겠죠. 이쯤에서 정리하자는."

"하!"

혁준은 심히 기분 나쁘다는 듯 헛웃음을 터뜨렸다.

그렇지 않아도 불법 도박 사이트 조직이라는 곳에 대해서 알아보는 중이다.

알아보면 알아볼수록 그 규모에 놀랐다. 정관계에 손을 뻗치지 않은 곳이 없고, 게다가 점조직으로 이루어져 있어 긁어내자면 골치깨나 아플 것 같았다.

그래서 어떻게 처리를 할지, 어느 선까지 손을 볼지 고민하고 있는 참인데 그쪽에서 이렇게 나온 것이다.

뭐, 알아서 기는 것까지는 좋다. 하지만 그의 손에 수갑까지 채워진 일인데 고작 이 정도 선에서 정리가 될 거라고 생각했다는 것이 어이없었다.

아니, 뒤에서 이런 공작을 부리고 있다는 것 자체가 왠지 불쾌했다. 뭔가 더러운 물에 발을 담근 것 같은 기분이라고나 할까?

그런데 직후 그의 기분을 더욱 더럽게 하는 일이 생겼다.

삐리리리!

인터폰이 울리고.

"왜?"

─대표님, 성운실업의 박이한이란 분께서 대표님을 찾아오셨습니다.

"뭐?"

전치 24주의 진단을 받고 병원에 누워 있어야 할 그가 여길 찾아오다니?

─어떻게 할까요?

"들어오라 그래."

일단 무슨 일로 찾아온 건지 들어나 보자 싶다. 그리해 비서의 안내를 받아 박이한이 혁준의 사무실로 들어왔다.

'……'

술집에서 그 사달이 난 이후 처음 보는 박이한의 모습은 정말이지 몰골이 말이 아니었다.

산산조각이 난 턱을 수술했는지 얼굴은 눈만 빠끔히 남기고 붕대로 칭칭 동여매고 척추에도 이상이 있는지 호러영화에나 나올 법한 괴상한 기계로 머리를 뚫어 목과 머리를 연결해 고정했다.

손가락 하나 까딱하는 것조차 힘들어 보이는 그 몸을 이끌고 대체 여길 무엇 하러 왔단 말인가?

그런데 혁준이 뭐라 묻기도 전이다.

그의 사무실에 들어서자마자 혼자서 움직이기도 힘든 몸으로 끙끙거리며 휠체어에서 내려오더니 대뜸 혁준의 발밑에 엎드린다.

"지서하이다. 즈, 즈가 사라으 모라뵈꼬 크 자모쓰 즈지러 쓰이다. 브디 요스해 즈시시오."

턱관절을 쓸 수 없는데도 붕대로 입까지 막혀 있으니 발음인들 제대로 나올 리가 없다. 하지만 충분히 알아들을 수 있는 수준이었다.

말인즉슨 죄송하다. 사람을 몰라보고 큰 잘못을 저질렀다. 용서해 달라.

대강 그런 말이었다.

턱뿐만 아니라 코와 광대, 안와까지 얼굴의 뼈란 뼈는 성한 곳이 없을 터이다.

모르긴 몰라도 말 한마디 내뱉을 때마다 지옥을 오가는 고통이 수반될 것이다.

그러한 고통 때문인지, 아니면 속죄와 반성의 의미인지, 그도 아니면 둘 다인지 박이한의 눈에선 그야말로 닭똥 같은 눈물이 뚝뚝 떨어지고 있다.

측은하지 않다. 그렇다고 통쾌하지도 않다.

자신이 엄청 나쁜 사람이 된 것 같은 느낌에 기분만 더 더러워진다.

그런 한편으로 박이한을 이런 상태로 자신에게 보낸 자에 대해 화가 치밀었다.

'대체 날 뭐로 보고…….'

박이한의 망가진 몰골을 보며 우월감이라도 느낄 사이코 변태쯤으로 생각했단 말인가?

"누구야?"

혁준이 물었다.

난데없었는지 박이한이 멀뚱히 그를 본다.

"당신을 그 몰골로 여기로 보낸 게 누구냔 말이야! 당신 보스야, 아니면 정수찬이야?"

"……."

"하긴 한 단계를 거치냐 아니냐의 문제지 결국은 정수찬 그 인간 짓이겠지."

혁준은 인터폰을 켰다.

"예, 대표님."

"경비 불러서 여기 있는 환자 빨리 병원으로 데려가고, 정수찬 의원 지금 어디에 있는지 소재지 파악해서 전화 연결해."

따르르릉, 따르르릉.

전화벨이 울린다.

잠깐 오수에 취해 있다가 전화벨 소리에 움찔 놀라 잠에서 깬 정수찬은 의아한 표정을 지었다.

지금 울리는 전화벨은 비서관을 통하지 않는 직통 전화였다. 그 번호를 아는 사람은 극소수에 불과했다. 그런 만큼 저 전화벨을 울리게 할 사람 또한 극소수였다.

'누구지?'

의아해하며 수화기를 들었다. 그러자 낯선 사내의 목소리가 들려왔다.

—정수찬 의원님 되십니까?

목소리가 젊다. 단언컨대 그의 직통 전화 번호를 아는 사람 중에 이렇게 젊은 목소리의 주인은 없었다.

"내가 정수찬인데, 뉘시오?"

경계하며 물었다.

—저 권혁준입니다.

"누구?"

—기가스컴퍼니 대표 권혁준입니다. 요즘 저 때문에 많이 바쁘신 걸로 아는데요?

순간 들고 있던 수화기를 떨어뜨릴 뻔할 정도로 놀란 정수찬이다.

"저, 정말 권혁준 대표시오? 권혁준 대표가 나한텐 무슨 일로… 아니, 그 전에 이 전화는 어떻게 알고……?"

놀란 중에도 급히 정신을 수습하며 물었다.

—그냥 이리저리 좀 알아봤습니다. 그보다 오늘 저한테 이상한 선물을 보내오셨더군요.

정수찬은 혁준이 말하는 이상한 선물이란 것이 박이한을 뜻하는 것임을 바로 알아차렸다. 그리고 그 속에 깃든 불쾌한 심사도 읽었다.

'가서 납작 엎드려 싹싹 빌라고 했더니 박 사장 그 사람 대체 뭘 한 거야?'

뭘 어떻게 했기에 이리도 심사가 꼬여 있단 말인가?

평소 박이한의 다혈질 성격을 잘 알고 있기에 그 조직의 보스에게도 어떡하든 뒤끝 없게끔 혁준을 잘 달래야 한다고 재차 삼 차 신신당부를 했다.

그랬는데도 수화기를 통해 전해오는 혁준의 불쾌한 심사를 접하고 보니 역시 박이한의 그 불같은 성정이 마음에 걸렸다.

'사과하고 오라고 보냈더니 사고를 치고 온 거 아냐?'

생각이 거기에 이르자 마음이 쪼들렸다. 이 상황에서 그가 할 수 있는 거라고는 오리발뿐이었다.

"허허, 이상한 선물이라니… 난 도통 무슨 말씀을 하시는지 모르겠구려."

―모른다구요? 그럼 박이한이란 사람도 모르십니까?

"박이한? 음, 이름이 낯이 익긴 한데… 허허, 나이가 들다 보니 이것저것 가물가물한 게 많아져서…….."

정수찬이 그렇게 능청을 떨자 잠시 수화기가 잠잠해졌다. 아무 소리도 들리지 않았지만 오히려 정적 속에서 느껴지는 분노는 더 진하게 느껴졌다.

아닌 게 아니라, 지금 혁준은 정수찬의 능구렁이 같은 태도에 상당히 화가 나 있었다. 가뜩이나 바쁜 일도 많은 터라 한국의 정치판에까지 관여하고 싶은 생각이 없었다.

그래서 도박 조직을 쓸어낼 때 정치인들과의 연결 고리만 끊어내는 선에서 마무리를 지을 생각이었다.

정수찬에게 전화한 것도 그 선에서 마무리할 테니 적당히 알아서 발을 빼라는 경고를 하려던 것이다.

어차피 부패하지 않는 나라는 없고, 많은 번거로움을 마다하면서까지 정치권의 부패를 바로잡아 줄 만큼 한국이라는 나라에 딱히 애정이 남아 있지도 않으니까.

그런데 사람을 바보 취급하는 저 능구렁이 같은 정수찬을 상대하고 있자니 그 마음이 달라진다.

혁준이 물었다.

―그럼 의원님께선 불법 도박 사이트 조직과도 아무런 관계가 없으시겠군요?

"예? 허허허허, 그런 사회의 쓰레기들과 제가 관계가 있을 리가 없지 않습니까?"

—그렇군요. 그럼 안심하고 털어도 되겠네요.

"털… 다니요?"

—제가 이번에 그 조직이랑 좀 좋지 않은 일로 엮여서 말입니다. 그래서 한번 털어볼 생각입니다. 먼지 한 톨까지 남김없이. 듣자 하니 거기에서 나온 천문학적인 자금이 정치권에 비자금으로 흘러들어 갔다고 하던데… 정치인도 상당수가 관계되어 있고 중진도 여럿 있다 하더군요. 난 또 평소 존경하던 정 의원님께서도 혹시 본의 아니게 거기에 발을 담근 것이 아닌가 걱정되어서 이렇게 전화를 드린 거였는데… 뭐, 그런 사회의 쓰레기들이랑은 아무 상관 없으시다니 안심했습니다. 하하!

딸칵.

먼지 한 톨 안 남기고 깡그리 털어주겠다는 말을 끝으로 전화가 끊겼다.

뚜뚜뚜뚜.

시끄럽게 울려대는 종료음에도 정수찬은 한참이나 수화기를 내려놓지 못했다.

그러다 화들짝 놀라 정신을 차리고는 이 사태에 대해 계산기를 두드려 보았다.

정수찬은 철저히 계산적인 사람이었다. 어떠한 상황에서도 계산기를 두드려 최악과 최선, 차악과 차선을 확실하게 가려서 결정했고, 그리해 지금껏 손해 보는 장사를 한 적이 없었다.

그것이 지금 그가 집권 여당의 중진으로 굳건히 그 자리를 지킬 수 있는 이유이자 동력이었다.

그런데 계산기를 두드리면 두드릴수록 낯빛이 어두워지는 정수찬이다. 지금껏 숱한 고비에도 철저한 계산과 뛰어난 임기응변으로 위기를 기회로 만들며 달려온 백전노장인데도 지금 이 사태만큼은 도무지 계산이 안 섰다.

기가스컴퍼니 대표 권혁준.

이건 수리로 계산할 수가 없는 인간이었다.

그 측량할 수 없는 인간이 자신에게 총구를 들이밀고 있다. 자신의 힘으로는 막을 수도 피할 수도 없다.

결국 정수찬은 놓았던 수화기를 다시 들었다.

"대표님, 저 정수찬입니다. 긴히 상의드릴 일이 있어서요."

*　　　*　　　*

"누가 왔다구요?"

차유경의 말에 혁준이 어리둥절한 표정을 했다.

"정수찬 의원과 박인임 의원이 대표님을 뵙겠다고……. 일단 응접실로 모시긴 했는데, 어떻게 할까요?"

하지만 혁준은 선뜻 이렇다 할 대답을 하지 못했다.

정수찬이 자신을 찾아올 거라는 것은 대강 짐작하고 있었다. 자신이 그렇게까지 압박을 줬는데 용빼는 재주가 있지 않고서야 찾아와서 바짓가랑이라도 붙들고 늘어져야 하는 처지일 테니까. 그런데 박인임 의원이라니?

"박인임이라면 반청계의 대표가 아닙니까?"

비록 현 정부가 전 국민적인 지지를 받고 있긴 하지만 대통령부터 행정부 대부분이 신인이었다.

정치 경력이 십 년도 되지 않는 윤태웅이 정치 밥으로는 최고참인 것만 봐도 현 정부가 얼마나 새로운 인물들로 꾸려졌는지 알 수 있었다.

새로운 신인들인 만큼 지금까지와는 다른 행보를 펼쳤고, 그로 인해 구태와의 충돌을 피할 수 없었다.

야당은 물론이고 같은 여당 내에서도 현 정부와 사사건건 마찰을 빚고 있는 세력이 있었는데 그게 바로 청와대의 반대쪽에 서 있는 반청계였고, 그 반청계의 수뇌가 바로 박인임이었다.

혁준이 새삼 의아해하며 책상 위에 놓인 서류 중 하나를 꺼내 펼쳤다.

불법 도박 사이트 조직으로부터 뒷돈을 받아먹은 정치인들의 명단이다.

"…역시 없네."

잘못 본 게 아니었다. 역시 박인임의 이름은 보이지 않았다.

"조사가 부족했던 겁니까?"

기가스컴퍼니의 정보력이 박인임에게까지는 닿지 않았던 것일까?

"그건 아닐 거예요. 아마도 박인임을 따르는 반청계의 사람들 때문이겠죠. 박인임은 없지만, 상당수의 반청계 인사들은 명단에 포함되어 있으니까요. 물론 그들을 통해서 박인임의 주머니도 채워졌을 가능성까진 배제할 수 없지만. 어쨌든 이번 일로 반청계 인사들이 대거 숙청당하기라도 하면 결국 그도 끈 떨어진 연 신세가 되는 것이니 가만히 등짐이나 지고 있을 순 없었을 거예요."

"그렇다곤 해도 정수찬과 같이 온 건 이상하잖아요? 정수찬은 딱히 계파를 두지 않기로 유명한 데다 지금까지 그의 행보를 보면 오히려 친청계에 더 가까운 인사잖습니까? 실제로 반청계보다는 친청계와 더 교류가 잦은 편이기도 하고. 그런 사람이 이런 상황에 박인임부터 찾았다는 건데……."

"둘 중 하나겠죠. 친청계 중에선 이 일로 같이 똥물을 뒤집어쓸 만한 사람이 마땅히 없었거나……."

"처음부터 둘이 한패였거나?"

"예, 4선 의원이면 성향상 반청계에 더 가까울 수밖에 없고, 이렇게 위급한 때에 가장 먼저 찾은 게 박인임인 것을 보면 아마도 후자일 가능성이 더 크겠죠."

그러니까 말인즉슨 정수찬은 반청계가 친청계 쪽에 심은 첩자라는 것이다.

"생긴 게 딱 쥐새끼처럼 생겼더니만 하는 짓도 딱 쥐새끼로군. 4선 의원쯤 되는 사람이 한다는 짓이 참……."

"단지 쥐새끼 정도로 써먹을 생각은 아니었을 거예요. 그가 친청계로부터 확실한 신뢰를 얻어서 정식으로 입문하게 되면 정치 신인들로 이루어진 친청계에서 단숨에 최고 어른이 되는 거예요. 친청계의 차기 대표로 가장 유력한 인사가 되는 거죠."

"그러니까 반청계에서 친청계를 아예 통째로 잡아먹으려고 그를 보낸 거다?"

"예."

"하! 털도 안 뽑고 잡아먹겠다니… 그 반청계, 도둑놈 심보가 아주 장난이 아니구만."

반대로 생각하면 회동을 극도로 자제해야 할 정수찬과 박인임이 친청계의 눈도 살피지 않고서 여기까지 두 손 맞잡고 달려왔다는 건 그만큼 지금 그들의 발등에 떨어진 불이 급박했다는 뜻이다.

"어떻게 할까요?"

"들여보내세요. 어떻게 나오는지 한번 구경이나 해보죠."

그리해 얼마 있지 않아 혁준의 사무실로 나이 지긋한 두 명의 노인이 들어왔다.

한 사람은 오십 대 후반에 볼은 홀쭉하고 입은 살짝 튀어나온 전형적인 쥐상의 얼굴이었고, 다른 한 사람은 얼핏 보기에는 촌부처럼 투박하고 털털한 외모지만 그 눈빛만큼은 형형해서 상당한 카리스마가 느껴지는 노인이었다.

당연히 전자는 정수찬이고 후자는 박인임이다.

'인물은 인물이네.'

혁준은 박인임을 보며 절로 고개를 끄덕이지 않을 수 없었다.

아직 아무 말도 하지 않았는데도 그 존재만으로 연륜과 카리스마, 위엄과 품격이 한눈에 느껴진다.

이런 인물이기에, 이런 인물이라서, 이런 인물만이 그 반청계의 노회한 정치꾼들을 발아래 둘 수 있는 것이 아닐까 싶다.

"나 박인임이외다."

박인임이 먼저 손을 내밀며 인사를 건네왔다.

"권혁준입니다."

가볍게 고개를 숙이며 그 손을 맞잡았다. 그러자 이번엔 정수찬이 손을 내밀었다.

"정수찬입니다."

"전화상으로는 이미 인사를 드렸습니다만, 이렇게 뵙는 건 처음이군요. 권혁준입니다. 일단 저리로 앉으시죠."

그렇게 형식상의 인사를 마친 혁준이 바로 자리를 권했다.

두 정치인이 사양하지 않고 자리에 앉자 또한 바로 물었다.

"그래, 두 분께선 저를 어쩐 일로 찾아오신 겁니까?"

"내가 여기 정 의원이랑 같이 온 마당에 우리가 무슨 일로 왔는지는 권 대표께서도 충분히 짐작하고 계실 텐데요?"

굳이 말을 빙빙 돌리거나 끌지 않는다.

바라던 바다. 빙빙 돌려가며 신경전을 벌이는 건 딱 질색이다. 그래서 단도직입적으로 물었다.

"불법 도박 사이트 조직 때문입니까?"

"그렇소."

박인임의 대답에 혁준이 정수찬에게로 눈길을 던졌다.

"저랑 통화할 때 분명 의원님은 그 일과는 상관없다 하시지 않았습니까?"

"……."

꿀 먹은 벙어리다. 하긴 정수찬의 입장에서야 지금은 입이 열 개라도 할 말이 없을 것이다.

어차피 박인임과 같이 왔다는 것은 꿰다 놓은 보릿자루를 자처하겠다는 뜻인데 굳이 그를 더 괴롭혀서 무엇 할까.

혁준은 이내 정수찬에게서 눈을 거두고 다시 박인임을 보았다.

"그런데… 내가 알기로 박 의원님은 이 일과는 무관하신 거로 압니다만? 그쪽과 직접적으로 청탁이나 뇌물이 오간 것도 없다고 알고 있고……."

"벌써 명단을 다 확보한 모양이군."

"내가 알아내고자 하면 그 정도야 일도 아니니까요. 이러니저러니 해도 어쨌거나 사회 정의를 위한 일인데 힘 좀 썼죠."

"그럼 잘 아시겠군. 권 대표가 그 일을 털면 가장 많이 다치는 것이 내 사람들이라는 걸 말이오. 그런데 내가 어찌 가만히 보고만 있을 수 있겠소?"

"그래서요? 조용히 묻어달라, 그 부탁을 하러 오신 겁니까?"

부탁하러 온 것치고는 너무 뻣뻣하다.

아무리 대한민국 정계의 최고 거두라고 해도 부탁을 하러 왔으면 좀 더 공손해야 한다. 기가스컴퍼니의 대표 권혁준이란 이름은 공손함을 갖춘다고 해서 창피할 만한 상대도 아니었다.

아니나 다를까, 뻣뻣한 이유가 있었다.

"우리에게 무엇을 원하시오?"

"······?"

"우리한테 원하는 게 있으니까 이런 꼬투리를 잡는 것이 아니겠소? 권 대표, 우리 탁 까놓고 이야기해 봅시다. 내 쪽이 잃을 게 많은 만큼 어지간한 건 다 들어줄 테니까 괜히 서로 힘들게 시간 축내지 말고 말씀해 보시오. 우리가 무엇을 해줬으면 하는 게요?"

박인임은 혁준이 불법 도박 사이트를 빌미로 뭔가 거래를 요구하려는 것이라 철저하게 오해하고 있었다. 그도 그럴 것이 상대는 어쨌거나 장사꾼이다.

그리고 장사꾼들이 사회 정의를 내세울 때는 큰 장사를 하고자 할 때라는 것을 오랜 경험을 통해 익히 알고 있는 바였다.

그러니 뻣뻣하고 당당했다. 약점을 잡힌 게 아니라 거래를 위한 빌미를 잡힌 거라면 굳이 당당하지 않을 이유가 없으니까.

물론 제대로 헛짚었다.

"뭔가 곡해를 하고 계신 것 같은데······."

"경제특구의 자위권!"

박인임의 오해부터 풀어주려던 혁준은 순간 움찔했다.

"경제특구의 자위권이라뇨?

"권 대표가 우리 반청계에 원하는 것이 바로 경제특구의 자위권이 아니오?"

혁준의 속내를 다 알고 있다는 듯 능글맞은 웃음을 흘리는 박인임이다.

혁준은 이게 다 무슨 소린가 싶다.

경제특구의 자위권이라니?

그건 한반도 비핵화의 종결을 돕는 조건으로 윤태웅이 그에게 내건 떡밥이었다.

한데 지금 박인임의 태도를 보아하니 그와 관련해서 논의하긴 했지만 결국 박인임을 위시한 반청계의 반대로 무산되거나 유보된 모양이다.

'뭐야, 그럼? 아직 여권의 동의도 다 얻지 못한 걸로 나한테 떡밥을 던진 거란 말이야? 윤태웅 이 인간, 보통이 아니란 건 알았지만 감히 날 상대로 낚시질할 만큼 영악한 줄은 몰랐네. 아니면… 내가 좀 오냐오냐해 줬다고 간이 배 밖으로 나오기라도 한 건가?'

울컥 화가 치민다. 물론 윤태웅의 입장에서는 반청계를 설득할 자신이 있으니까 그런 제안을 한 것이겠지만 혁준으로서는 자신을 기만한 것으로밖에는 보이지 않았다.

'벌써부터 이렇게 영악하게 나오는데 대통령이라도 되면 오죽할까.'

아무래도 초장부터 버릇을 확실하게 잡아줄 필요가 있을 것 같았다.

'내 앞에서 다시는 함부로 잔머리 못 굴리게.'

방법이야 많다. 윤태웅이 정치 생명을 걸고 추진하고 있는 한반도 비핵화 종료에 일절 도움을 주지 않는다거나 미래 국제 정세의 가장 중요한 핵심이 될 수 있는 새 국제기구에 한국의 지분을 대폭 줄여 버린다거나…….

아마도 그렇게 되면 윤태웅의 차기 대권도 상당한 난항을 겪게 될 터이다.

그렇게 혁준이 불쾌한 기분으로 윤태웅에 대한 처분을 고민하고 있는데 그런 것도 모른 채 박인임이 불난 집에 부채질한다.

"내 이제부터라도 우리 반청계 의원들을 제대로 단속할 테니 이번 일, 그냥 묻으십시다. 아시겠지만 이게 터지면 파장이 너무 큽니다. 대한민국 전체가 휘청거릴 거란 말이오. 그러니 좋은 게 좋은 거라고 그냥 묻어두십시다. 그리해 주면 경제특구의 자위권, 내 인정해 주리다."

박인임은 확실한 카드라도 되는 양 자신에 찬 표정이다.

하지만 혁준의 대답은 콧방귀였다.

"흥!"

그리고 이어서 나온 말은 박인임의 사고를 완벽하게 정지시켜 버렸다.

"대한민국의 국군통수권!"

"······?"

"경제특구의 자위권으로는 성에 안 차니까 대한민국의 국군통수권 전부를 나한테 달란 말입니다. 그럼 내 이번 일, 덮어드리죠."

"그게 무슨······."

국군통수권을 달라니?

"안 됩니까?"

"당연히 안 되지! 대통령이 가진 권한을 내가 무슨 수로 권대표께 넘긴단 말이오?"

"그럼 할 수 없죠. 좋은 게 좋은 거라고, 국군통수권만 넘기면 그냥 묻어드리려고 했는데 서로 조건이 맞지 않으니······."

"······."

전혀 아쉽지 않다는 듯 입꼬리를 말아 올리는 혁준을 보며 박인임은 그제야 상황을 파악했다.

애초에 혁준은 거래하려고 이번 일을 물고 늘어지는 게 아니라는 것.

자신들은 거래를 위한 빌미가 아니라 정말로 약점을 잡힌 거라는 것.

이 권혁준이란 사내는 지금까지 그가 경험한 장사꾼들과는 전혀 다른 사고를 가지고 있는 것이다.

깊게 파인 눈으로 혁준을 뚫어지게 쳐다보던 박인임이 눈을 감고 소파에 등을 기댄다.

"후우……."

의미를 짐작하기 어려운 긴 한숨 끝에 다시 눈을 뜬 박인임의 얼굴은 한결 누그러져 있었다. 그 누그러진 얼굴만큼이나 메마른 입술을 비집고 나오는 말은 아스라한 추억을 들려주듯 담담했다.

"내가 어떻게 이 바닥에 입문했는지 아시오? 뇌물에 주색에, 참 쓰레기 같은 정치꾼이 하나 있었는데 내가 그 인간 가방모찌였소. 가방이나 들어주는 시종이었단 말이지. 그러다 그 인간이 술집 작부의 배 위에서 복상사를 해버렸거든. 매일밤 술과 마약에 절어서 그 짓을 해댔으니 뭐… 물론 세상에는 과로사로 알려졌지만. 그래서 동정 여론도 생기고… 어떻게 그렇게까지 되었는지는 아직도 이해가 안 되지만, 어쨌든 그렇게 부풀려진 여론이 그 쓰레기 같은 작자를 지역 주민을 위해 밤낮없이 일한 영웅으로 만들어 버리더란 말이지. 그런데 말이오. 사람이 팔자가 피려고 하니까 그렇게 부풀려진 지역 여론이 그 쓰레기 같은 작자 하나 영웅 만드는 걸로는 아쉬웠는지 주변에까지 카메라를 들이대더란 말이지. 덕분에 덩달아서 나까지 지역의 유명 인사가 되었고, 그렇게 정치에 입문했지."

"……."

"하나… 얼떨결에 정치에 입문하긴 했는데 말이지. 이 바닥이란 게 아무것도 준비되지 않은 자가 버티기에는 그렇게 호락호락한 바닥이 아니더란 말이야. 노골적인 텃세, 악의적인 공작, 배신, 모함, 무슨 일만 생기면 날 총알받이로 내몰고 아주 안달을 냈어. 그런 내가 지금 이 위치까지 올랐소. 학연도 지연도 인맥도 하나 없는 정치 신인이던 내가 가진 자들을 누르고 최후의 승자가 되기까지 그 속에 어떤 파란만장한 일들이 있었는지 짐작이나 하시겠소?"

담담히 흐르던 목소리가 차츰 높아지고 격앙되어 간다.

"승자독식! 승자에겐 관용이 없고 패자에겐 희망이 없는 이 팍팍한 정치판에서 내가 얼마나 많은 사람을 짓밟고 올라왔는지, 그렇게 짓밟혀서 나락으로 떨어져 망가진 인간들이 몇이나 되는지 권 대표는 아마 짐작조차 하지 못할 것이오. 그렇게 올라선 자리요! 그렇게 지켜낸 자리요! 지금까지 그래 왔듯이 나는 내 자리를 지키기 위해서라면 수단과 방법을 가리지 않을 것이오!"

듣고만 있던 혁준이 박인임을 쏘아보며 물었다.

"지금 제게 협박이라도 하시는 겁니까?"

"협박이 아니라 내 입장과 위치를 분명히 아셔야 할 것 같아서 드리는 말씀이오. 그래야 모르고 저지르는 실수가 없을 테니까. 이 나라 대한민국의 권력이 어디서 나오는지 아시오? 국민? 청와대? 아니지, 아니야. 이 나라 대한민국의 권력은 국회에서 나오는 것이오. 국회의 권력은 집권 여당에서 나오고 현 집권 여당의 최대 권력은 바로 우리 반청계지. 그리고 그 반청계의 수장이 바로 나란 말이오. 물론 민심만 놓고 보면 나보다 높은 지지를 받는 사람도 많지. 이연욱 대통령을 비롯해 차기 대통령으로 유력시되는 윤태웅까지 다들 나보다 월등하게 국민의 사랑과 지지를 받고 있지. 하지만 당심으로는 내가 최고요. 그 말인즉슨 이 나라 모든 권력이 바로 이 손안에서 나온다는 말이오. 적어도 이 나라 대한민국에서는! 대한민국에서만큼은 기가스컴퍼니보다 나 박인임이 훨씬 더 큰 권력이라 이 말입니다! 그러니까!"

"그러니까 다치기 싫으면 잠자코 있어라?"

"그러니까 서로 피 철철 흘리는 싸움은 하지 말자는 겁니다. 그것만큼 어리석은 일이 또 어디 있겠소? 하다못해 맹수들도 서로의 영역은 침범하지 않는 법인데……."

"그렇죠. 맹수들도 서로의 영역은 침범하지 않는 법이죠. 하지만 자신의 영역을 침범당하면 살이 찢기고 뼈가 부러지도록 싸우기도 하죠. 저는 말입니다. 이미 제 영역을 충분히 침범당했다고 생각합니다만?"

"……."

"그렇지 않습니까? 이번 일로 저는 손에 수갑까지 찼습니다. 경찰서에선 적잖은 모욕까지 당했습니다. 경찰 몇 징계 줬다고 무마될 거라 생각했다면 저를 너무 하찮게 보시는 거죠."

"하면… 진정 끝까지 가보시겠다는 게요?"

"예, 의원님이 생각하시는 끝이 어디인지는 모르겠지만 한번 끝까지 가보죠."

목을 비스듬히 꺾어 들며 한번 해보라는 듯이 말하는 혁준이다.

박인임의 주름진 눈가가 꿈틀거린다.

빠르게 돌아가는 탁한 눈동자에는 갈등이 어린다.

하지만 혁준의 결심이 확고하다는 것을 알게 된 이상 그가 할 수 있는 일은 아무것도 없다. 돈으로 회유하고 권력으로 찍어 누를 수 있는 상대가 아니니까.

박인임이 일어섰다.

"알겠소. 권 대표의 뜻, 내 잘 알았소. 어디 한번 싸워봅시다. 내 장담하건대⋯ 많이 아프실 게요. 너무 아파서 참기가 힘들어지면 내게 손을 내미시오. 그럼 내 너그러이 그 손 잡아드리리다."

"박 의원님 또한 그리 편치는 못할 것입니다. 하지만 견디기 힘들다고 제게 손을 내밀지는 마십시오. 전 그 손 안 잡아드릴 거니까."

박인임과 정수찬은 그렇게 혁준의 사무실을 떠났다.

"괜찮겠어요? 박 의원의 말처럼 이 나라에서만큼은 무시하지 못할 권력을 가진 자예요."

"뭐가 걱정입니까? 그 어떤 것으로도 속박할 수 없는 게 경제특군데. 그러라고 경제특구 특별법을 만들었고 그러라고 경제특구 10조를 발표한 것이 아닙니까? 게다가 난 법적으로 이 나라 국민도 아니고."

"그렇긴 해도⋯⋯."

차유경이 그래도 마음이 놓이지 않는지 뭐라 더 말을 하려는데 혁준이 손을 휘휘 내저었다.

"글쎄, 걱정하지 마시라니까요. 저들이 어떻게 나올진 뻔하니까."

이미 저런 부류의 인간을 한차례 경험도 했다.

아직 이름도 생생하다.

재무부장관 김종석.

현도그룹과의 싸움에 끼어들어 권력으로 혁준을 찍어 누르려다가 오히려 현도와의 유착 비리가 다 까발려져서 현도그룹의 부도와 함께 그 인생도 같이 나락으로 떨어진 사람이다.

'그때 7년형을 받았으니까 옥살이는 끝났으려나?'

그때 이후로 아예 관심을 끊고 있었기에 지금은 뭘 하며 먹고살고 있는지는 모른다. 딱히 지금도 별로 관심 없다.

'그러고 보면 그때 리스트에 오른 정치인이 서른세 명이었지, 아마?'

일명 정필연 리스트라고 해서 현도그룹에 정치 비자금을 받아 챙긴 정치인 서른세 명이 죄다 옷을 벗었다.

'그렇게 한 번 물갈이했는데도 아직도 저 지경이니……'

혁준은 책상 위의 서류 하나를 집어 들었다.

거기에는 정관계를 통틀어서 무려 120명의 이름이 기록되어 있었다. 이마저도 사실 빙산의 일각에 지나지 않았다. 모르긴 몰라도 더 파헤치면 굴비 엮이듯 줄줄이 엮여 나올 것이다.

물론 아직 확실한 물증은 없다. 액수도 정확하지 않다. 아무리 기가스컴퍼니의 정보력이 대단하다고 해도 지금껏 관심도 두지 않던 자들의 은밀한 거래를 단시간에 다 찾아내기란 사실상 불가능한 일이니까.

하지만 이젠 다르다. 혁준이 관심을 갖기로 한 이상 기가스 컴퍼니의 눈과 귀는 관련자들과 관련자들의 비리, 거기에 얽인 부정부패의 고리들을 먼지 하나 남기지 않고 탈탈 털어낼 것이다.

'물론 시간이야 좀 걸리겠지만……'

그사이 박인임 쪽도 가만히 있지는 않을 것이다. 혁준이 전쟁 선포를 한 마당이니 살기 위해서라도 모든 수단을 취할 것이다. 그의 말마따나 수단 방법을 가리지 않고 말이다.

차유경의 걱정도 거기에 있었다.

그러나 혁준은 느긋했다.

부시와도 싸운 그다. 그 말도 안 되는 패악질도 다 견뎌냈다. 그런 그가 이 조그만 나라의 정치인 하나를 겁낸다면 그거야말로 어불성설이 아니겠는가.

"그렇다고는 해도… 질 나쁜 조직도 껴 있고 하니 기본적인 방비는 해둬야겠지. 지금부터 경비 체제를 강화하세요. 우리 가족들한테 붙여놓은 경호도 늘리구요. 음, 이렇게 되고 보니까 경제특구의 자위권이 한층 더 구미가 당기네. 나와 내 가족들의 안전을 지키는 데는 군대만큼 확실한 것도 없을 테니까 말이야."

가진 것이 많아질수록, 지위가 높아지고 명성이 커질수록 어딘가의 보이지 않는 원한도 같이 커가고 있을 것이다. 그런 만큼 가족의 안전은 혁준에게 가장 큰 고민거리일 수밖에 없었다.

최신예 무기로 무장한 최강의 사설 군대를 세계 각지의 경제특구에 배치해 놓는다면 언제 어디서든 가족의 안전은 지킬 수 있을 것이 아닌가.

하지만 그러자면 선결되어야 하는 문제가 한둘이 아니다.

한국만 해도 경제특구의 자위권을 가지자면 윤태웅이 제의한 대로 세계로부터 한반도의 비핵화 종결이라는 대명제를 이끌어내야 하고, 그걸 세계 각국으로 넓히자면 러시아로부터 적극적인 지원도 받아내야 한다.

'물론 그러자면 푸틴 그 양반의 마음부터 풀어줘야 하고.'

러시아의 경제특구 권리를 욕심내다 괘씸죄에 걸려 권리와 권한, 그리고 자위권까지 혁준에게 모조리 다 털려 버린 상태라 혁준에 대한 지금의 감정이 그리 호의적이진 않을 것이다.

'내색은 안 했지만 분명 단단히 삐쳐 있을 텐데 말이지.'

뭔가 아주 큰 선물이라도 주지 않고서는 아이처럼 토라진 푸틴의 마음을 풀어주기가 쉽지 않을 것이다.

'선물이라… 아마도 가장 크고 확실한 선물은 나겠지? 푸리나를 나한테로 보낸 게 분명 그런 이유일 테니……'

장인감으로 푸틴만 한 사람도 없다. 그의 재력에 러시아의 군사력이 더해진다면 핵융합이고 헬륨3고 할 것 없이 그것만으로도 전 세계가 그의 발아래 엎드릴 것이다.

하지만…….

혁준은 슬쩍 차유경을 보았다.

'그럴 순 없지.'

그래, 그럴 순 없다.

'게다가… 너무 쉽게 얻어지는 것도 재미가 없고.'

생각하자니 골치가 아프다.

혁준이 자리에서 일어섰다.

차유경이 의아해하며 묻는다.

"어딜 가시려고……?"

이 시각 이후로 달리 스케줄이 없는 혁준이다.

"아, 좀 머리가 아파서요. 바람이나 쐴 겸 친구 놈이나 만나보려구요."

"친구 분이라면… 김민수 씨 말인가요?"

"예, 술 약속까지 잡아놨는데 일이 이상하게 돌아가는 바람에 아직 연락 한번 못 했네요. 그 녀석도 나 때문에 꽤 곤란했을 텐데……. 그래서 말인데, 저번에 부탁드린 거 어떻게 됐습니까?"

"그거라면 이미 절차상 모든 준비는 마쳤어요. 근데… 그거 꼭 하셔야 해요?"

"왜요?"

"우리에겐 그다지 필요가 없는 사업이라… 벌여놓은 일들
도 많고. 벌집까지 쑤셔놓은 마당에 그런 자질구레한 일에까
지 신경 쓸 겨를이 있으시겠어요?"

"취밉니다, 취미. 그동안 너무 전쟁터에서 살았잖습니까.
이참에 힐링 차원에서 취미 생활 한번 해보는 거죠, 뭐."

혁준은 개구쟁이처럼 웃었고, 차유경은 물가에 내놓은 아
이 보는 듯한 눈으로 한숨을 푹 내쉰다.

제62장
서열 정리

"그래? 계약했어? 잘했어, 잘했어! 그래, 거기서 바로 퇴근해. 오늘 강민이랑 아주 코가 삐뚤어지게 마셔보라고! 하하!"

기분 좋게 웃으며 수화기를 내려놓은 개진상이 민수를 본다. 눈은 웃고 있는데 그 눈빛은 언짢다.

"야, 들었어? 박 대리가 강민 도장 받아냈단다! 너 때문에 날아갈 뻔한 계약, 박 대리가 그 똥 다 치웠다고! 게다가 원래 계약한 조건에서 20프로나 더 올려주고서야 겨우겨우 말이야! 네가 회사에 끼친 손해가 얼마인지 알기나 해? 그 돈 메꾸려면 넌 십 년은 무급으로 일해야 돼! 월급 도둑도 이런 월급 도둑이 어딨냔 말이야!"

한바탕 욕설이 퍼부어진다.

그때 그 사건 후로 일상적으로 겪는 일이다.

고개를 푹 숙인 민수의 책상 밑으로 내려뜨린 손에는 봉투 하나가 들려 있었다.

사직서다.

그날 이후로 몇 번을 썼다 찢었는지 모른다. 그만큼 하루가 개진상에게 욕먹는 걸로 시작해 욕으로 끝난다.

전에도 딱히 그에게 말을 곱게 하는 인간은 아니었으니 그 정도야 참으려고 하면 참지 못할 일도 아니었다.

정말로 그를 힘들게 하는 것은 회사 일에서 철저히 배제하며 아예 없는 사람 취급한다는 것이다.

그가 담당하고 있던 모든 일이 후배인 박정수 대리와 신입인 김선형에게 다 넘어갔다.

그가 회사에서 하는 일이라고는 하루 종일 책상에 앉아 개진상에게 욕먹는 일이 다였다.

아무 일도 할 수 없다는 것, 아무것도 안 하고 멀뚱히 책상만 지키고 있어야 한다는 것, 그것만큼 사람 진 빠지게 하는 일도 없는 것이다.

"아, 그거 내가 말했나?"

"……?"

"임진혁이 말이야. 선형이가 아까 그놈이랑 계약 파기했어. 신입까지 네가 싼 똥을 치우고 있는 거지. 덤으로 이준우하고도 계약 끝냈고."

그동안 개진상의 온갖 욕설에도 고개만 숙이고 있던 민수가 처음으로 고개를 들어 개진상을 보았다.

이준우 선수는 임진혁과 마찬가지로 이곳 크로니클 에이전시와 초창기부터 같이한 한국을 대표하는 타자였다.

비록 서른여섯이라는 나이로 인해 쇠퇴기에 있다고는 해도 워낙에 자기 관리가 철저해서 지금도 2할 8푼에 두 자릿수 홈런은 거뜬히 기록해 주고 있었다.

부상으로 제 기량을 회복하지 못하고 있는 임진혁과는 케이스 자체가 다른 선수였다.

"대체 왜요? 이준우 선수는 아직 충분히 시장에서 가치가 있는 선수가 아닙니까?"

"가치는 개뿔. FA가 내후년이야. 그때가 되면 걔 나이가 서른여덟이고. 지금만 해도 하락세가 뚜렷한데 남은 2년 동안 무슨 일이 생길지 어떻게 알아? 잠깐만 삐끗해도 헐값에 땡처리밖에 못할지도 모른다고. 이름은 고가 브랜든데 헐값에 땡처리한다고 생각해 봐. 우리 크로니클의 이미지가 어떻게 되겠어? 그런 폐물은 끼고 앉아 있어봤자 본전도 못 찾는다고. 그럴 바에야 일찌감치 정리하고 강민이 케어하는 데 집

중하는 게 몇 배나 이득이지."

"아무리 그래도… 이준우 선수와는 아직 계약 기간도 남아 있지 않습니까?"

"그래서 네가 안 된다는 거야. 한때 한국을 대표하는 타자였다고 그놈 자존심이 어디 보통 자존심이야? 옆에서 그 콧대 높은 자존심 좀 긁어주니 지가 먼저 계약 파기하자고 나오더만."

이 개진상이 이준우한테 어떻게 했을지 보지 않아도 뻔했다.

이젠 정말 결단을 해야 할 때였다. 그가 몇 번이나 사직서를 쓰고 찢고 하면서도 끝내 회사를 관두지 못한 이유 중에 가장 큰 부분을 차지하고 있는 것이 임진혁이었다.

그리고 이준우도 그가 담당하던 선수여서 마음이 쓰였다. 그런데 그 마지막 이유마저도 지금 사라져 버린 것이다.

결국 자리를 떨치고 일어서며 만지작거리고 있던 사직서를 개진상에게 내밀었다.

"저 오늘부로 여기 관두겠습니다."

개진상이 자신의 앞에 내민 사직서와 민수의 얼굴을 번갈아 본다. 그러다 콧방귀를 뀐다.

"내 이럴 줄 알았지. 결국 넌 이것밖에 안 되는 인간이야. 근성이라고는 눈곱만큼도 없는 새끼가 이 바닥에서 버틸 수 있을 리가 없지. 아니면 어디 다른 데 오라는 곳이라도 있어?
아, 하긴 무려 기가스컴퍼니 대표를 친구로 두신 분이니 거기
에라도 들어가면 되겠네."

비꼬듯 콧방귀를 뀐다.

그날 강민과의 술자리를 난장판으로 만든 것이 권혁준이
라고 사실대로 말했다. 하지만 믿지 않았다. 어디서 되지도
않는 거짓말을 치냐며 욕만 실컷 먹었다.

기가스컴퍼니에서 미리 손을 쓴 건지 신문에 기사 한 줄 나
지 않았고 심지어 강민조차 혁준의 정체를 전혀 모르는 눈치
였다.

게다가 혁준조차 그 후로는 아예 감감무소식이니 그 바람
에 자신만 이상한 사람이 되고 말았다.

"그래, 잘 생각했어. 너 관둔다고 아쉬운 사람 하나 없어.
애당초 너처럼 물러 터진 새끼가 있을 바닥이 아니었지. 그러
니까 다시는 이 바닥에 발 디딜 생각 하지 말고 그냥 어디 시
골에 내려가서 농사나 지어. 그게 너한테는 더 어울리니까."

그러고는 낚아채듯 사직서를 건네받아서는 자신의 책상에
올려놓는다.

그때였다.

"계십니까?"

웬 사내 하나가 크로니클의 사무실 문을 열었다.

순간 민수가 놀라서 외쳤다.

"혁준아!"

그랬다. 크로니클의 문을 열고 들어선 사내는 권혁준이었다. 혁준이 민수를 보며 손을 들어 보였다.

"그간 잘 지냈냐?"

혁준의 인사에 민수가 여전히 놀란 얼굴로 뭐라 말을 하려는데, 그전에 개진상이 끼어들었다.

"당신 누구요?"

땅딸한 체격으로 혁준에게 바짝 다가서 고개를 한껏 치켜드는 개진상의 태도는 사뭇 거칠고 무례했다.

그도 그럴 것이, 그에겐 민수를 찾아온 손님이란 것만으로도 예의를 차릴 필요가 없는 상대인 것이다.

혁준이 그런 개진상을 보며 살짝 미간을 찌푸렸지만 이내 대수롭지 않게 흘려 넘기고는 지갑을 꺼내 명함 하나를 내밀었다.

"기가스컴퍼니의 권혁준입니다. 저 친구랑 긴히 얘기할 게 있는데 일찍 퇴근 좀 시켜주시겠습니까?"

"퇴근은 무슨, 이미 짐 싸서 나가기로 한 놈인데……."

무심결에 그렇게 퉁퉁대며 명함을 받아 들던 개진상이 순간 움찔했다. 그러다 놀라서 물었다.

"지금 뭐라고 하셨… 습니까? 기가스컴퍼니의 누구요?"

"기가스컴퍼니 대표 권혁준입니다."

"……."

순간 시간이 정지하기라도 한 것처럼 멍하니 혁준을 보던 개진상이 불현듯 화들짝 놀라서는 받아 든 명함을 본다.

아니나 다를까, 거기에는 기가스컴퍼니라는 이름과 대표 권혁준이라는 이름이 너무나도 선명하게 새겨져 있었다. 그래도 여전히 불신을 지우지 못하고 묻는다.

"저, 정말 권혁준 대표… 십니까?"

"제가 그리 낯선 얼굴은 아닐 텐데요? 누가 그러던데, 대한민국 국민 중에 장동건 얼굴은 몰라도 내 얼굴 모르는 사람은 없을 거라고. 뭐, 요즘 들어 날 알아보지 못하는 사람들이 꽤 많은 걸 보면 그것도 그냥 소문인 것 같긴 하지만."

혁준의 말에 뒤늦게야 얼굴이 낯이 익다는 걸 깨닫고는 새삼스러운 눈으로 혁준을 살핀다. 그러다 귀신이라도 본 양 경악한 눈을 한다.

"헉! 지, 진짜 권혁준 대표……!"

"예, 진짜 권혁준입니다. 그리고 저 녀석의 친구이기도 하죠. 그럼 이제 저 친구 좀 데리고 가도 되겠습니까? 아니지. 어차피 회사 그만뒀다 했으니 양해를 구할 필요도 없겠네. 야, 뭐 해? 얼른 짐 싸서 나와. 저번에 못한 회포, 오늘 제대로 한번 풀어보자고."

잠시 얼떨떨해 있던 민수가 급히 대답했다.

"아, 아냐. 지금 바로 가도 돼. 짐이야 나중에 싸도 되니까."

민수가 후다닥 뛰쳐나오고, 한발 먼저 사무실 문을 넘으려던 혁준이 문득 생각났다는 듯이 걸음을 멈추고 아예 멘탈이 나가서 멍청한 얼굴을 하고 있는 개진상을 돌아보았다.

"저기 근데… 아까 당신, 민수한테 이 바닥에 발 디딜 생각하지 말라고 했잖아? 그냥 어디 시골 가서 농사나 지으라고."

"……."

"근데 이를 어쩌지? 아무래도 이 친구, 이 바닥 못 떠날 것 같은데. 당신은 이 친구가 이 바닥에 어울리지 않는다고 했지만 내 생각은 조금 다르거든. 이 친구만큼 이 바닥에 잘 어울리는 사람도 없다고 생각한단 말이지. 그래서 회사 차원에서 일을 좀 맡겨볼 생각이야. 그렇게 되면 보기 싫어도 자주 보게 될 거니까 날 봐서라도 너무 박대하지 말아주셨으면 좋겠군."

"……."

부탁의 말이건만 협박의 말로 들리는 건 아마도 기분 탓만은 아닐 것이다.

*   *   *

"대체 무슨 말이야? 회사 차원에서 나한테 일을 맡겨볼 생각이라니?"

혁준을 따라 혁준의 리무진에 올라탄 민수가 얼떨떨해하며 물었다.

민수의 물음에 혁준이 대답 대신 리무진 속 서류함에서 서류 봉투 하나를 꺼내 민수 앞에 내밀었다.

"이게 뭔데?"

"우리 회사에서 이번에 새로운 사업 분야 하나를 론칭할 예정이거든. 일종의 스포츠마케팅 관련 일인데, 그 일환으로 경제특구에 야구단 하나를 만들어볼 생각이야."

"뭐? 설마… 프로 야구단 말하는 거야?"

"아무렴 기가스컴퍼니의 이름으로 추진하는 일인데 아마 구단이겠냐?"

"하지만… 프로 야구단 하나 만드는 게 그렇게 간단한 일이 아닐 텐데……."

지역 여론은 물론이고 기존 여덟 개 구단의 동의도 얻어야 하고 KBO의 승인도 떨어져야 한다.

KBO의 승인을 얻는 것도 그 절차가 까다롭고 복잡하지만 각 구단의 동의를 얻는 것은 그보다 더 어렵다.

구단 하나가 더 생겨나면 그만큼 지분과 수익에 직접 영향을 받는 이해 당사자들이기 때문이다.

"게다가 현 8개 구단에서 9개 구단이 되는 것도 문제가 많아. 짝수 구단일 때와는 달리 홀수 구단이 되면 경기 일정이 꼬이게 되니까. 지금처럼 전 구단의 주 6일 경기 체제가 지켜질 수가 없는 거지. 그러니 야구팬들부터 탐탁지 않아할 거고, 새 구단을 창설하려면 상당한 시간과 공을 들여야……."

"인마, 날 누구라고 생각하는 거야? 일단 그거부터 보고 나서 말해."

혁준이 민수의 말을 자르며 민수에게 건넨 서류 봉투를 가리켰다.

얼떨떨해하며 서류를 들추어보던 민수의 얼굴이 놀람으로 물들었다. 그도 그럴 것이, 그 서류는 아홉 번째 구단 창설에 대한 KBO와 지자체의 승인 문서였던 것이다.

그뿐만 아니라 구장 건설에서부터 운영 예산안까지 구단 창설을 위해 필요한 모든 자료가 구비되어 있었다.

"그럼 기가스컴퍼니에서 이미 예전부터 야구단 창설을 준비하고 있던 거야? 아니지. 그랬다면 내가 모를 리가 없는데……."

아홉 번째 구단이라는 이슈라면 이쪽 업계에 소문이 나도 벌써 났어야 할 일이다.

"당연히 너 만나고 나서 준비를 시작한 거지. 그전까진 관심도 없었어.”

“그게 무슨… 며칠 만에 이걸 다 한 거라고?”

“이깟 게 뭐 대단한 일이라고. 인마, 나 기가스컴퍼니 대표 권혁준이야.”

하긴 말 한마디면 메이저리그 구단도 인수할 판에 이깟 KBO 구단 하나 만드는 일이 뭐 대수이겠는가.

“그래서? 나한테 맡길 일이란 게 뭔데?”

민수의 눈빛이 조금 전과는 많이 달라졌다.

9번째 구단 창설이라는 구체적인 계획을 접하고 보니 막연 하기만 하던 미래도, 거기에 실린 기대도 구체적이 된다.

그렇게 기대로 떨리는 민수의 눈을 보며 혁준이 다시 무언 가를 건넸다.

받아 들고 보니 명함이다.

[기가스컴퍼니 스포츠마케팅 사업부 본부장 김민수]

너무 놀라고 기쁘면 오히려 머릿속이 멍해지나 보다.

민수가 어떻게 반응해야 할지 몰라 멍하니 혁준을 보자 혁 준이 덧붙였다.

“구단주에서부터 감독, 선수 영입, 예산 편성에 이르기까 지 구단 운영에 대한 모든 권한을 너한테 맡길 거니까 한번 제대로 만들어봐. 제대로 만들어서 성과를 내면 축구, 농구, 배구 등 다른 종목으로도 영역을 넓힐 거고, 효과가 괜찮으면 그땐 메이저나 프리미어리그 같은 해외 쪽도 공략 대상이 되겠지. 내 말 무슨 말인지 알겠어? 네가 하기에 따라 그 바닥에서 넌 왕이 될 수도 있다는 말이야."

민수와의 회포는 밤늦게까지 이어졌다.

학창 시절 친구와의 술자리는 그것만으로도 충분히 즐거웠다. 다만 한 가지 불편했던 것은 술자리 막판 거의 인사불성이 될 정도로 취한 민수가 그를 붙잡고 대성통곡을 터뜨린 것이었다.

민수 딴에야 넘치는 고마움과 감격을 그렇게 토해낸 것이겠지만 혁준에겐 참으로 감당하기 힘든 주사였다.

어르고 달래 간신히 민수를 떼어내고 사무실로 돌아오니 새벽 네 시가 훌쩍 넘었다. 그 늦은 시간까지 퇴근도 하지 않은 채 차유경이 혁준을 맞았다.

"늦으셨네요?"

"퇴근 안 했어요? 아직 날 기다린 겁니까?"

"예."

차유경의 대답에 흠칫하는 혁준이다.

차유경의 눈빛과 표정이 웬일인지 심각해 보였다.

"무슨 일 생겼습니까?"

아니나 다를까, 무겁게 고개를 끄덕인 차유경이 혁준에게 신문 하나를 내밀었다.

"한 시간 후에 발표될 조간이에요."

신문을 건네받아 펼쳐보던 혁준이 순간 눈살을 찌푸렸다.

헤드라인에 올라 있는 커다란 문구 때문이었다.

[기가스컴퍼니 권혁준 대표, 한밤 유흥주점에서 무고한 시민 무차별 폭행]

"이게 뭡니까?"

혁준이 황당해한다.

"설마 여기 무고한 시민이란 게 박이한 그 인간을 말하는 겁니까?"

굳이 차유경의 대답은 필요 없었다.

기사 내용에 상세히 적혀 있었다.

기가스컴퍼니 대표 권혁준 씨가 강남의 한 주점에서 술을 마시던 박 모 씨를 폭행, 전치 24주에 이르는 중상을 입혔다.

당시 목격자들의 증언에 의하면 지인들과 더불어 술을 마시고 있던 박 모 씨에게 권혁준 씨가 갑자기 달려들어 박 모 씨와 그

지인들을 향해 무차별적인 폭력을 행사하였다는 것.

한편, 피해자 박 모 씨의 진술에 따르면 권혁준 씨와는 그 사건이 있기 전까지 일면식도 없었고 그날도 지인들과 조용히 술을 마시고 있었을 뿐이라고……

기사의 내용대로라면 그는 그야말로 묻지마 폭행범이었다.

"아주 날 조현병 환자로 만들어놨구만."

어째서 이런 팩트를 무시한 일방적인 기사가 실렸는지는 굳이 묻지 않아도 알 수 있었다.

"박인임 그자의 농간이겠지."

자기 자리를 지키기 위해선 수단과 방법을 가리지 않겠다고 했다.

아마도 이게 바로 그가 자신의 자리를 지키는 수단인 모양이다.

"물론 이건 시작에 불과할 테고."

혁준의 말에 차유경이 동조하듯 고개를 끄덕이며 물었다.

"아무래도 여론을 움직이려는 것 같은데, 어떻게 할까요? 우리 쪽에서도 반박 기사를 내고 대처해야 하지 않을까요?"

"아닙니다. 그냥 두세요. 어디까지 하는지 어디 한번 두고 보죠."

"하지만 그러다가는 자칫 일이 커질 수도 있어요."

"일이 커지는 것도 나쁘지 않죠. 그만큼 패는 맛이 있으니까. 그보다… 각국 영수들에게선 아직 연락이 없었습니까?"

"헬륨3 말씀인가요?"

"예."

약속대로 혁준은 지난번 초대한 4개국 영수들에게 바보 삼형제가 달에서 채취한 헬륨3 샘플을 보냈다. 지금쯤이면 그 샘플에 대한 성분 조사를 모두 마쳤을 것이다.

"조사는 모두 마쳤을 테지만 그래서 더 혼란스러워하고 있을 거예요."

혁준이 만들 새로운 핵융합로 국제기구에는 다들 찬성하긴 했지만 그래도 다들 반신반의한 상태였다.

그도 그럴 것이, 헬륨3는 현재의 과학으로는 그것을 확보하는 것이 불가능할뿐더러 기가스컴퍼니에서 그들의 정보망을 뚫고 우주선을 쏘아 올렸다는 것도 도무지 믿을 수가 없는 상황인 것이다.

그런 상황에서 헬륨3를 직접 확인했으니 그 충격이 오죽하겠는가.

모르긴 몰라도 지금쯤이면 각국 정보 부처가 난리가 났을 것이다. 아무리 기가스컴퍼니의 기술이 지금껏 세상을 놀라게 했다지만 일개 사기업이 우주선을 쏘아 올렸다니?

심지어 그 엄청난 일을 최고의 정보력을 구축한 세계 최강 대국들이 전혀 모르고 있었다니?

끝 간 데 없는 혼란과 의문, 그리고 그 혼란과 의문은 혁준에 대한 경외와 두려움, 그리고 더욱 단단해진 믿음으로 이어질 것이다.

"그럼 곧 앞다투어 연락들을 해오겠군."

앞으로의 세상은 혁준이 던져주는 떡고물을 누가 더 많이 차지하느냐에 따라 각국의 운명이 결정된다는 것을 인정하지 않으려야 않을 수가 없을 테니까.

그것이 지금 혁준의 위상이다.

한낱 정치꾼의 농간질에 휘둘릴 정도의 위치가 아닌 것이다.

물론 그렇다고는 해도 한 나라의 권력을 손아귀에 움켜쥔 노회한 정치 구단의 술수는 상당히 지저분했다.

[갑질 논란. 돈이 깡패? 돈 있고 힘 있으면 만사형통?]

연일 혁준에 관한 비난 기사가 쏟아지더니 급기야 경제특구까지 건드렸다.

[경제특구, 이대로 좋은가?]

[빈익빈 부익부, 경제특구와 수도 서울의 소득 차 무려 2.75배]

[대한민국 안의 또 다른 대한민국. 국경보다 높고 두꺼운 경제특구의 벽]

여론은 혁준의 생각보다 더 급속도로 악화되고 있었다.

그간 경제특구와의 격차로 인해 쌓여온 불만이 여론의 부추김에 타는 불에 기름이라도 끼얹은 것처럼 대한민국을 뜨겁게 달구었다.

시민 단체들은 경제특구의 높은 벽을 허물어야 한다며 한목소리로 외치기 시작했고, 이에 편승해서 정치권의 공세까지 이어졌다.

그렇게 혁준에 대한, 기가스컴퍼니에 대한, 그리고 경제특구에 대한 비난이 거세지고 있을 때, 급기야 박인임이 마지막 불을 지폈다.

[정부, 기가스컴퍼니와 경제특구의 자위권을 논의 중]

박인임도 집권 여당의 인사인 만큼 자신의 힘 과시에 현 정부를 끌어들이는 것은 상당한 부담일 텐데도 그렇게 초강수를 둔 것이다. 그건 그만큼 그도 필사적이라는 뜻이다. 어쨌든 효과는 확실했다.

사회 각계 인사들이 대한민국이 사기업의 권력 수단이 되고 있다며 우려를 표명했고, 시민 단체들은 막강한 경제대국을 이룩한 기가스컴퍼니에 군사력까지 안겨준다면 대한민국은 결국엔 기가스컴퍼니의 속국으로 전락하게 될 것이라고 예상했다.

이는 세계 평화에도 지대한 악영향을 끼칠 수밖에 없다며 정부의 해명 촉구와 반대 시위에 나섰다.

이는 삽시간에 전 국민적 여론으로 번져서 그야말로 국가 사태에 준하는 혼란을 만들어냈다.

그 혼란의 중심에는 당연히 반기가스컴퍼니 정서가 있었고, 그 정서는 점점 과격해지고 폭력적으로 변해서 경제특구 시민들을 향한 테러까지 빈번해졌다.

심지어 경제특구가 가져온 경제적인 그 어마어마한 실익에도 불구하고 경제특구의 해체까지 언론에서 언급할 지경이었다.

*   *   *

"박인임 그 늙은이, 여론 선동에는 아주 일가견이 있네, 일가견이 있어."

혁준은 뉴스에서 떠들어대는 패널들의 말을 들으며 어이없어했다.

설마하니 박인임이 경제특구까지 건드릴 줄은 예상 못 했지만, 그로 인해 경제특구를 없애자는 여론까지 만들어질 줄은 정말이지 상상도 못 했다.

이류이던 대한민국을 경제대국으로 만들어놓은 것이 경제특구였다. 경제특구가 사라지면 당장 대한민국의 경제가 근간부터 흔들리게 될 것이다. 그런데도 소위 지식인이라는 작자들이 어떻게 경제특구를 없애야 한다는 말을 저렇게 무책임하게 떠들어댈 수 있단 말인가?

여론도 여론이지만 그러한 사회 분위기를 만들어놓은 박인임이란 인간이 새삼 대단하다는 생각이 든다.

'물론 그래봤자지만.'

이 정도로 위협을 느낄 혁준이 아니었다.

"굳이 한국이 아니어도 경제특구야 어디든 다시 세우면 되니까."

아닌 게 아니라 이곳의 경제특구는 아시아 경제특구의 중심이었다.

그로 인해 막대한 경제적 이득을 얻고 있기에 대한민국의 국민 여론이 안 좋아지자 벌써 줄을 대려고 하는 나라가 한둘이 아니었다.

그것도 한국에서보다 더 좋은 조건으로 자위권에 대한 구체적인 지원안까지 가지고 온 나라도 있었다.

혁준으로서는 전혀 아쉬울 것이 없었다.

그렇게 뉴스에서 떠들어대는 말에 조금 열받고 조금 거슬려 하고 있는 그때였다.

윤태웅의 방문 소식이 있었다.

그렇지 않아도 만나야겠다고 생각하고 있던 참이라 바로 만났다. 사실 좀 따져야 할 게 있었다.

"어떻게 된 겁니까? 자위권에 관한 건 대통령과 장관님, 그리고 나, 이렇게 우리 셋만 알고 있는 사안이라 하지 않았습니까? 근데 박인임이 어떻게 알고 이런 짓을 벌이고 있는 겁니까?"

혁준은 열받은 만큼 날이 서 있었다. 윤태웅이 곤혹스러워하며 해명했다.

"국회의 동의를 얻어야 하는 일이다 보니 대통령께서 박 대표에게 미리 언질을 준 모양입니다."

"그래서요?"

"예?"

"이제 어쩔 거냐고 묻는 겁니다. 자위권을 공짜로 준다고 하신 게 아니잖습니까? 어디까지나 한반도 비핵화의 철회를 도와주는 조건이 아니었습니까? 근데 여론에서는 아주 내가 한국 정부를 상대로 깡패 짓이라도 해서 얻어낸 거라고 떠들어대던데요? 한국 정부에서도 이렇다 할 해명을 하지 않고 있고. 이거 심히 억울해서 말입니다."

"하지만… 핵에 관련된 건 워낙에 민감한 문제라 섣불리 국민들께 알리기가… 아마 지금보다도 더 큰 혼란이 야기될 것입니다."

"그럼 나더러 이대로 계속 억울한 채로 있으란 말입니까?"

"제가 어떻게든 여론을 바꿔보겠습니다. 그때까지만……."

"그 말을 하러 찾아오신 거라면 거절하겠습니다. 저 그렇게 인내심이 강한 놈이 아니에요. 제가 뭐가 아쉬워서 이런 대접을 받으면서까지 참는단 말입니까? 안 참습니다. 이미 제 인내심은 한계입니다. 최악의 경우엔 이곳 경제특구를 해체해 버릴 생각까지 하고 있으니까요."

혁준의 그 말에 윤태웅의 얼굴이 사색이 되었다.

그도 그럴 것이, 지금 대한민국에서 경제특구가 어떤 의미인지 누구보다도 잘 알고 있는 윤태웅이다. 경제특구가 세워지는 데 가장 중심적인 역할을 한 것 또한 윤태웅이다.

경제특구 승인 조건으로 혁준이 IMF 사태를 해결해 주지 않았더라면 대한민국은 국가 부도의 직격탄을 피하지 못했을 것이다.

그런데 만일 이 시점에서 경제특구가 해체된다면? 아시아 경제특구의 중심이라는 지위를 잃게 된다면?

그땐 IMF로 맞아야 할 절망적인 국가 부도 사태보다도 몇 배는 더 큰 환란이 대한민국을 덮칠 것이다.

"잠시만… 잠깐이면 됩니다. 여론이 들끓고 있긴 하지만 일부 과격한 자들이 설쳐서 크게 보이는 것뿐이지 다수의 국민은 경제특구의 소중함을 잘 알고 있습니다. 기가스컴퍼니가 한국에 얼마나 큰 혜택을 주고 있는지도, 그 고마움도 잊지 않고 있습니다. 잠깐만 시간을 주십시오. 제가 약속드리겠습니다. 반드시 여론을 바꿔놓고 박 대표도 설득할 것이니……."

"뭔가 착각하시는 것 같은데… 제가 원하는 건 설득이 아닙니다. 그 정도로 무르게 넘길 거였으면 애초에 이 지경이 되도록 놔두지도 않았겠죠. 더구나 지금 사태를 겪고 보니 내가 상대해야 할 게 박인임 하나가 아니라는 것도 알았고."

"박 대표 하나가 아니라시면……?"

"나와 기가스컴퍼니를 반대하는 모든 자. 일부 과격한 자가 설치는 것이든 어쨌든 그런 것에 여론이 선동당할 정도로 내 존재가 가볍다는 것이니까 이참에 확실하게 해둘 겁니다.

누가 갑이고 누가 을인지. 살림 좀 나아졌다고 벌써들 잊은 모양인데… 이참에 서열 정리 한 번 더 들어가겠습니다."

*　　　*　　　*

관저로 돌아가는 길, 윤태웅의 얼굴은 어두웠다. 조금 전 혁준이 한 경고가 가슴을 무겁게 짓누르고 있었기 때문이다.

"이참에 확실하게 해둘 겁니다. 누가 갑이고 누가 을인지. 살림 좀 나아졌다고 벌써들 잊은 모양인데… 이참에 서열 정리 한 번 더 들어가겠습니다."

아니, 그건 경고가 아니라 대한민국에 대한 전쟁 선포였다.

안타까운 노릇이지만 지금 대한민국은 혁준과의 전쟁을 감당할 여력이 없었다. 어디 대한민국뿐이겠는가. 세계 최강 대국인 미국조차 혁준과의 힘겨루기에 져서 체면을 구기지 않았는가.

지금 박인임은 그런 괴물을 상대로 힘자랑을 하고 있는 것이다.

'편협하고 강성 기질은 있어도 무모하고 아둔한 사람은 아닌데……'

복마전 그 험한 정치판에서 살아남은 사람이다. 그 노회한 정치꾼이 절대로 이길 수 없는 상대에게 싸움을 걸었다는 게 이해가 되지 않는다.

'아니, 어쩌면 절대로 이길 수 없는 상대이기에 그럴 수밖에 없던 걸지도……'

도저히 감당할 수 없는 적이 총구를 겨누니 두려움에 이성이 마비된 것일 수도 있고 이판사판의 심정이었을 수도 있다.

어쨌든 그 바람에 대한민국이 위험에 처했다.

일주일이다.

당장에라도 한국에서 방을 빼기라도 할 듯이 단호한 혁준에게 정말이지 절박하게 매달린 끝에 겨우 얻어낸 유예 기간이다.

일주일 동안 박인임을 설득해 혁준 앞에 머리를 숙이게 하든가 손발을 묶어 꿇어앉히든가 해야 한다.

몇 마디 말로 설득할 수 있는 사람이 아니다.

동원할 수 있는 모든 힘을 동원해야 한다.

'야당을 움직이는 거야 어려운 일도 아니지만 그 정도에 뜻을 꺾을 사람이 아니고……'

결국 여당 의원들을 움직이는 게 관건이다. 그중에서도 박인임의 사람들인 반청계를 직접 움직이는 것이 가장 효과적일 것이다.

수장이란 무리를 이끄는 사람이기도 하지만 무리의 말을 들어줘야 하는 사람이기도 하니까.

'가만있자, 반청계 중에 그나마 말이 통하는 의원이⋯⋯.'

당장 떠오르는 사람이 몇 명 있다.

기가스컴퍼니와의 전쟁이 얼마나 무모한 일인지 그나마 설득이 되고 상식이 통할 만한 인사들. 문제는 공짜란 없다는 것이다.

계파 논리보다 훨씬 큰 떡밥을 던져줘야 한다.

'몇 개 있기야 하지만 그러자면 대통령의 양보도 구해야 하는데⋯⋯.'

꼬인 실을 하나 풀자면 열 개, 스무 개의 매듭을 먼저 풀어야 하는 것이 정치판이기에 그에게 주어진 일주일이란 시간은 너무 촉박했다.

그렇다고 언제 터질지 모르는 시한폭탄 같은 혁준에게 유예 기간을 더 늘려달랄 수도 없는 노릇.

"후우⋯⋯."

생각하자니 머리가 지끈거리고 한숨만 나온다.

그러나 어쩌겠는가.

대한민국을 살리자면 발에 땀나도록 뛰는 수밖에.

그런데 그렇게 머릿속으로 앞으로 만날 인사들을 정리하고 있을 때다.

삐리리리리, 삐리리리리.

폰이 울렸다. 그를 측근에서 보좌해 주고 있는 이무연 서기관이다.

"무슨 일이죠?"

―장관님, 큰일 났습니다!

전화를 받자마자 터져 나오는 다급한 목소리에 윤태웅은 눈살부터 찌푸렸다.

이무연 서기관은 진중한 사람이었다. 어떤 일에도 당황하는 법이 없는 사람이 저리도 다급한 목소리를 내고 있으니 덜컥 불길한 예감부터 들었다.

"무슨 일인데 그러십니까?"

―그게… 박사모가…….

"예?"

박사모라면 '박인임을 사랑하는 모임'을 말한다.

"박사모가 왜요?"

―박사모 회원 오천 명이 지금 관리국으로 몰려가고 있다고 합니다.

"관리국이라뇨? 경제특구관리국 말씀하시는 겁니까?"

―예, 아무래도 권혁준 대표가 보는 앞에서 시위를 할 모양입니다!

"뭐라고요? 안 됩니다! 막아야 해요!"

여기서 더 혁준을 자극했다가는 그나마 얻은 일주일의 유예마저 사라진다.

―이미 경제특구 치안대에서 시위 행렬을 막으러 출동했다고 하니 관리국까지는 가지 못할 것입니다만 오히려 그래서 더 걱정입니다. 자칫 치안대와의 충돌로 사상자가 나오기라도 하는 날에는…….

"……."

순간 윤태웅은 가슴이 서늘해지는 것을 느꼈다.

이유 여하를 막론하고 무력 진압은 전 국민적 반감을 불러일으킨다. 지금이야 시위대의 행위와 국민 정서는 별개의 것이지만 자칫 과도한 무력 진압으로 인한 사상자가 나오고 그것이 도화선이 되기라도 하면 그땐 국민들의 감정이 어떻게 변할지 아무것도 장담할 수 없다.

그를 더욱 섬뜩하게 하는 것은 어쩌면 이 모든 것이 그것까지도 계산에 넣은 박인임의 술수일지도 모른다는 것이다.

시위대가 오천 명이라고 했다.

박사모의 규모가 크긴 하지만 과격 시위대를 단번에 오천 명이나 동원할 정도는 되지 않는다. 고작해야 이천이다. 즉 삼천 명은 다른 데서 불러 모았다는 뜻이다.

'알바…….'

소위 말하는 알바를 고용한 것이 틀림없었다. 그리고 알바까지 동원했다는 것은 분명 박인임의 승인이 있었다는 뜻이다.

'이 노인네가 망령이 난 게 아니고서야……'

윤태웅은 이무연과의 통화를 끊고 곧바로 박인임에게 전화를 넣었다.

─오, 윤 장관이 내겐 어쩐 일로 전화를 다 주시었소?

"소식 들으셨습니까?"

─무슨 소식 말이오?

"대표님의 박사모 시위대가 경제특구관리국으로 향하고 있다는데 모르셨습니까?"

─허, 그래요? 그거 금시초문이로군. 그 사람들이 나를 좋아해서 모인 사람들이라고 해도 내가 그 사람들이 뭘 하는지 일일이 다 알 수는 없는 일 아니겠소?

발뺌이다.

─한데, 그게 무슨 문제라도 되는 것이오? 국민들이 적극적으로 민심을 드러내고 민의에 따라 행동하는 것은 오히려 적극 권장해야 할 일이지.

"그건 민심도 아니고 민의도 아닙니다! 이 나라를 국난으로 몰고 가는 일부 몰지각한 사람들의 객기이고 만용일 뿐입니다!"

─어허, 말씀이 지나치시군. 내 눈에는 그저 나라를 걱정하

는 애국 충정으로 보이는데…….

"막아주십시오."

박인임의 진의나 캐내고자 전화를 한 것이 아니었다.

그에게 바른말을 듣고자 한 전화도 아니었다.

애초에 그럴 여유 같은 건 있지도 않았다.

"시위대를 물려주십시오."

―그것참. 이보시오, 윤 장관. 그 사람들이 나라를 위해 애국 충정으로 하는 일을 내가 무슨 자격으로 막는단 말이오?

"정녕 기가스컴퍼니와 전쟁이라도 벌여야 속이 시원하시겠습니까? 기가스컴퍼니가 이 나라에 등을 돌리면 어떤 사태가 벌어질지 정녕 모르시는 겁니까? 이 나라가, 대한민국이 버텨낼 수 있을 거라 생각하십니까?"

―대한민국 정치인들이 가져야 할 마인드는 기가스컴퍼니가 이 나라에 등을 돌렸을 때 이 나라가 과연 버틸 수 있을까 걱정하는 것이 아니라, 이 나라가 일개 장사치에 의지하지 않고는 존립을 걱정해야 할 지경에까지 이르렀다는 걸 통탄해 마지않아야 하는 것이오. 기가스컴퍼니와의 밀월 관계가 언제까지 갈 수 있다고 보시오? 이해관계가 틀어지면 언제든 등을 돌릴 수 있는 것이 장사치들인데, 그 이해관계가 과연 언제까지 이어질까? 늪이란 건 빠져나올 때를 놓치면 목숨을 잃는 법이오. 그렇게 되지 않으려면 대한민국도 하루빨리 자립

을 시작해야지.

일리는 있다.

"하지만 너무 이릅니다. 당장 국민들이 감당해야 할 그 엄청난 혼란과 고통은 생각지 않으십니까?"

—대를 위해서 소의 희생은 불가피한 법이지. 인내의 시간이 쓰고 고통스러울수록 이 나라의 미래는 밝아질 테고. 뭐, 그렇다고는 해도 이번 시위대 건은 나와는 상관없는 일이지만 말이야. 그러니 안타깝지만 윤 장관의 부탁을 들어줄 수가 없군. 미안하이.

조금도 미안한 어투가 아니다.

수화기 너머 박인임의 입가가 비릿하게 말려 올라간 것이 눈에 보일 듯 선명하다.

착각하고 있었다.

박인임이란 정치인에 대해.

계파 정치, 패거리 정치로 정치판을 주무르고 있지만 그래도 최소한 그 마음 한쪽 구석에는 아주 작게나마 나라가 있고 국민이 있을 거라 생각했다.

아무리 정치가 협잡과 술수로 싸워 나가는 곳이라고 해도 소신과 열정이 없이는 버틸 수 없는 곳임을 그 역시 정치판에 발을 디딘 후로 절실하게 느꼈으니까.

하지만 아니었다.

과거의 박인임은 어땠는지 모르지만 지금의 박인임에겐 대한민국 같은 건, 대한민국의 국민 같은 건 눈곱만큼도 존재하지 않았다.

나라가 망해도, 국민들의 삶이 도탄에 빠져도 상관없었다.

세상이 어찌 되든 그의 자리는 여전히 굳건할 테니까.

현 정부가 유지되면 유지되는 대로, 무너지면 무너지는 대로 반청계 대표인 그의 역할론은 더욱 부각될 테니까. 그렇게 그의 정치 생명은 철옹성처럼 공고해질 테니까.

그런 인간이었던 것이다.

윤태웅은 더 이상의 통화가 무의미함을 깨닫고는 전화를 끊었다.

'고작 저따위 인간 때문에……'

고작 저따위 협잡꾼으로 인해 이 나라의 미래가, 국민이 위협받고 있다는 것이 정말이지 분통이 터질 만큼 화가 났다.

그러나 지금은 화를 내고 있을 때가 아니었다.

어떻게든 수습할 방도를 찾아야 했다. 그리해 그가 급히 전화를 넣은 곳은 경제특구 치안본부의 치안대장 김수철이었다.

밤새 정신없이 사방으로 뛰어다녔다.

최악의 사태만은 피하기 위해 동원할 수 있는 모든 수단을 다 강구했다.

하지만 아침나절 걸려온 한 통의 전화가 바쁘게 움직이던 그의 두 다리를 멈춰 서게 했다.

―장관님, 우려하던 사태가 터졌습니다. 시위대와 치안대의 충돌로 사상사가 나왔습니다. 사망자가 둘이나 된다고 합니다.

최악의 사태였다.

급히 뉴스를 틀었다. 아니나 다를까, 채널마다 떠들썩하게 그 사건을 다루고 있었다. 그새 패널들까지 나와 치안대의 과잉 진압과 기가스컴퍼니에 대한 과잉 충성을 성토하며 자극적이고 선동적인 단어들을 토해내고 있었다.

일사천리다.

모든 것이 준비되어 있던 양 짜 맞춰 돌아가는 느낌.

생각할 것도 없이 박인임의 농간이다.

그 망령 난 협잡꾼이 결국 돌이킬 수 없는 짓을 저질러 버리고 만 것이다.

그때, 벨이 울렸다.

삐리리리, 삐리리리.

화면에 뜨는 발신자 이름은 '권혁준'이었다.

심장이 쿵 하고 내려앉는다.

눈앞이 다 암담해 온다.

입술을 피가 나도록 잘근 깨물며 전화를 받았다.

─윤 장관님.

수화기 너머로 들려오는 목소리는 담담했지만 오히려 그래서 더 무섭다.

"예……."

─일주일이 더 필요할 것 같진 않습니다만? 기다린다고 달리 상황이 변할 것 같지도 않고.

"……."

입이 열 개라도 지금 상황에서 달리 무슨 말을 할 수 있겠는가.

꿀 먹은 벙어리가 된 윤태웅에게 혁준이 마치 사형수에게 사형 언도를 내리듯 말했다.

─윤 장관님 입장을 생각해서 사정을 봐드렸습니다만, 돌아가는 꼴을 보아하니 시간 끌어봐야 상황만 더 악화될 것 같고, 지금부턴 제 방식대로 하겠습니다.

혁준과의 통화는 그것으로 끝이었다.

어차피 달리 할 말도 없는 처지지만 혁준은 그에게 아예 변명조차 할 기회를 주지 않았다. 그리고 그로부터 정확히 한 시간 후, 기가스컴퍼니의 기자회견이 열렸다.

* * *

엠파이어호텔 기자회견장.

기가스컴퍼니의 갑작스러운 기자회견 소식에 각 언론사 기자들이 누가 먼저랄 것도 부랴부랴 달려와 회견장 안을 가득 채웠다.

"어이, 정 기자. 오랜만이야."

한성일보 기자 정찬형은 회견장 안으로 들어서던 중 누군가 자신을 부르는 소리에 움찔하며 고개를 돌렸다. 거기에는 미래경향의 박원상이 그를 향해 반갑게 손짓하고 있었다.

3년 전까지는 같은 사회부여서 정보도 공유하고 또 경쟁도 하면서 자주 얼굴을 봤지만 박원상이 정치부로 옮기면서는 얼굴 볼 일이 거의 없었다.

박원상의 옆자리로 다가가 앉은 정찬형이 의아히 물었다.

"추경예산 문제로 그쪽 완전히 전쟁터던데, 국회에 계셔야 할 분이 여긴 웬일이세요? 다시 사회부로 옮기신 겁니까?"

정찬형의 물음에 박원상이 고개를 잘래잘래 저었다.

"내가 전에 말했잖아. 정치부에 뼈를 묻을 거라고."

"근데 여긴 왜……?"

"여기가 국회보다 더 큰 싸움판이니까."

"……?"

정찬형이 이해가 안 간다는 표정을 하자 박원상이 한심하다는 투로 물었다.

"정 기자는 이게 무슨 기자회견인지 알고는 있는 건가?"

"그야 경제특구 치안대의 과잉 진압으로 시위대에 사상자가 생겼고, 그것 때문에 소명 차원에서 우리를 부른 것이 아닙니까?"

"그 시위대가 박사모라는 건 알고 있고?"

"예? 박사모라면 박인임 의원의 그 박사모 말씀입니까?"

금시초문이라는 태도로 놀란 표정을 한다.

"이봐, 이봐. 한성일보 수준이 이래요. 정보력이 달려도 너무 달려. 하긴, 박 의원 쪽에서 워낙에 쉬쉬하고 있으니 나 정도 되지 않고는 그런 고급 정보를 얻기가 쉽지 않겠지."

자신이 몸담고 있는 회사를 무시하는데도 정찬형은 별반 기분 나빠하지 않았다.

아닌 게 아니라 한성일보는 업계 3위를 달리고 있는 박원상의 미래경향과는 아예 비교가 되지 않는 삼류 신문사였다.

그러니 정보력이 달리는 건 당연지사. 자존심이 상하기는커녕 미래경향의 간판 기자인 박원상이 이렇게나마 정보를 주는 것이 그저 반가울 따름이다.

"시위대가 박사모였다면 박 의원이 움직인 겁니까? 대체 왜요?"

"정말 하나도 모르는구만. 정 기자는 그럼 요즘 언론이나 시민 단체가 경제특구와 권 대표를 몰아붙인 게 그냥 단순히 억눌러 둔 반감이 폭발한 거라 생각했나?"

"좀 과하게 부채질이 되는 감은 없잖아 있었습니다만 거기에 박 의원이 관여되었을 거라고는 전혀……. 근데 왜 박 의원이 기가스컴퍼니를 건든 겁니까? 둘은 딱히 접점이 없는데."

"뭔가 시비가 있었겠지."

"시비라면?"

"그야 나도 모르지. 그걸 알았다면 벌써 특종 하나 터뜨렸게? 박 의원 쪽에서 정보를 철저히 차단하는 걸 보면 뭔가 대단한 게 있긴 있는 것 같은데, 어찌 된 게 기가스컴퍼니 쪽에서도 입을 닫고 있으니……. 아무튼 분명 힘겨루기 중이야. 그런 상황에서 이번 사건이 터졌으니 정치부 기자들이 벌떼처럼 달려드는 거고. 드디어 기가스컴퍼니 쪽에서 뭔가 제스처를 취하는 거니까."

"그럼 진짜 심각한 상황이 아닙니까? 기가스컴퍼니 쪽에서 경제특구를 해체하고 한국과 등을 지기라도 하는 날에는……."

"그럴 리가 없잖아."

"……."

"한국이라고, 한국. 권혁준 대표의 모국. 아무리 기가스컴퍼니가 세계적인 기업이라고 해도 발 디디고 설 땅은 필요하단 말이지. 미국에서 그 난리가 났던 것도 결국 그곳에선 이방인에 불과했기 때문이고. 나라 없는 설움을 이미 뼈저리게 경험한 그 사람이 과연 한국을 등질까? 아닐걸? 다른 곳도 아닌 한국의 경제특구에 가장 먼저 자신의 자위대를 만들려고 하는 것만 봐도 그가 한국에 어떤 마음을 가지고 있는지 충분히 짐작할 수 있잖아. 그는 한국을 기가스 제국의 중심으로 만들고 싶은 거라고. 그러자면 한국의 정치권과는 어떻게든 잘 지내야 하는 거고. 그런 의미에서 이번 기자회견은 말이야, 내 생각이긴 한데 기가스컴퍼니가 박 의원에게 보내는 항복 선언이거나 화해의 제스처가 아닐까 싶어. 더 큰 실리를 위해 머리 한번 숙이는 거야 장사꾼들에겐 일도 아니잖아? 득 될 것 없는 싸움에 자존심을 거는 행위를 가장 경멸하는 것이 또 장사꾼들이기도 하고."

박원상의 말을 정찬형은 공감할 수 없었다.

한국의 정치권력을 너무 대단하게 생각하는 것 같았다.

'하긴 그 정치권력 앞에서 한국의 초일류 기업의 오너들이 허리를 숙이는 걸 늘 봐왔을 테니 이해는 한다만……'

하지만 과연 권혁준을 그런 기업의 오너들과 하나로 묶을 수 있을까?

장사꾼들이 득 될 것 없는 싸움에 자존심을 걸지 않는다지만 그 득 될 것 없는 싸움에 자존심을 걸고 미국과 끝장 승부를 본 게 권혁준이란 사람이었다.

그리고 아직도 많은 부분 베일에 가려져 있지만 적어도 지금까지의 행보를 보면 결코 실리를 위해 머리 한번 숙이는 걸 대수롭지 않게 생각할 성향이 아니었고 걸어온 싸움을 피할 성격도 아니었다.

'국회에만 틀어박혀 있어서 현실 감각이 좀 떨어지신 것 같은데?'

정보력은 월등히 앞서는데 세상 돌아가는 건 아무래도 자신보다 못한 것 같다.

물론 어쩌면 박원상의 생각이 맞을 수도 있다.

아니, 제발 맞았으면 좋겠다.

만일 이번 기자회견이 화해의 제스처가 아니라 전쟁 선포라면, 최악의 경우 한국에서의 철수를 선언하기라도 한다면 그건 생각하기도 싫은 끔찍한 재앙인 것이다.

'이거 단순히 과잉 진압에 대한 해명 기자회견인 줄 알았더니……'

그래서 별생각 없이 달려왔건만 자칫하면 이 기자회견에 대한민국의 운명이 결정 날 수도 있지 않은가?

생각만 해도 머리털이 곤두서고 등허리가 서늘히 젖어드는 그때, 발 디딜 틈 하나 없이 가득 찬 기자회견장 안으로 뚜

벅뚜벅 걸어 들어오는 사내가 있었다.

순간, 기자회견장 안이 마치 한국시리즈가 펼쳐지는 야구장처럼 들썩였다.

"어? 귀, 권혁준 대표?"

"저 사람, 권혁준 대표잖아?"

"권혁준 대표가 직접 기자회견을 한다고?"

그도 그럴 것이, 기가스컴퍼니는 기자회견을 열지 않기로 유명한 기업이었다. 그 바람에 무슨 일이 터지면 세상이 떠들썩해진 다음에야 알게 되기 일쑤라 언론사 입장에서는 여간 얄밉고 야속한 기업이 아닐 수 없었다.

그런 기가스컴퍼니가 이렇게 기자회견을 연 것만 해도 극히 드문 일인데 몇 달간 발품을 팔아도 얼굴 한번 보기 힘든 사람이 이 자리에 떡하니 나타났으니 그 놀라움이 오죽하겠는가.

그렇게 기자들을 들썩이게 하며 등장한 혁준은 서슴없이 단상으로 올라가 마이크 앞에 섰다.

"안녕하십니까. 권혁준입니다. 저에 대해선 다 아실 테니 소개는 생략하겠습니다. 제가 이렇게 여러 기자님을 모신 것은……."

잠시 말을 끊은 혁준이 기자회견장 안을 가득 채운 기자들을 천천히 훑었다.

그 눈빛을 받은 기자들은 저도 모르게 움찔하며 꼴깍 마른 침을 삼켰다.

지금껏 숱한 사람들을 보아온 기자들이다.

최고의 부를 가진 기업가, 최고의 권력을 가진 정치가, 최고의 지식을 가진 학자들……. 하지만 지금 이 순간 혁준이 뿜어내는 카리스마는 일찍이 만나본 사회 지도자들의 것과는 차원이 다른 것이었다.

세계를 지배해 온 자의, 세계 위에 군림하고 있는 자의 위엄이 이런 것인가 싶어 절로 감탄이 나왔다.

그렇게 시선만으로 좌중을 압도한 혁준이 말을 이었다.

"여러 기자님을 이렇게 모신 것은 핵융합로 개발을 위한 새로운 국제기구의 창설을 천명하기 위해서입니다."

순간 어안이 벙벙해진 기자단이다.

기본적으로 다들 이번 기자회견이 지난밤 발생한 특구 치안대와 시위대의 충돌에 관한 소명이나 해명일 거라고 생각했다. 그런데 난데없이 핵융합로 국제기구의 창설이라니?

아닌 밤중에 홍두깨도 이보다는 덜 생뚱맞을 것이다.

그건 정찬형도 박원상도 크게 다르지 않았다.

어리둥절한 표정으로 정찬형의 얼굴을 마주 보던 박원상이 급히 물었다.

"새로운 핵융합로 국제기구라니, 그게 무슨 말씀입니까?

핵융합로 개발은 연구 프로젝트인 ITER를 통해 이미 진행하고 있지 않습니까?"

"물론 ITER가 지금까지 충실히 그 역할을 해온 것은 사실입니다. 하지만 실용화까지는 50년, 100년을 기약해야 할 만큼 요원한 것도 사실입니다. 하지만 새 국제기구가 그리는 미래는 50년, 100년 후가 아닙니다. 저희가 보는 미래는 당장 5년, 10년 후의 미래입니다."

"그 말씀은 십 년 안에 핵융합로를 완성할 수 있다는 말씀입니까? 그런 게 가능할 리가……."

"완성이 아닙니다. 말씀드렸다시피 어디까지나 실용화까지입니다. 거기에 필요한 차세대 에너지원의 확보도 포함해서 최대 10년인 것입니다."

"그러니까 그런 게 가능할 리가 없지 않습니까? 그리고 차세대 에너지원이라는 건 대체……?"

"그에 관련한 것은 따로 자료를 준비했으니 읽어보시기 바랍니다. 질문은 그 후에 받도록 하죠."

혁준의 말이 끝나자 비서들이 준비해 온 자료를 기자들에게 돌렸다.

여전히 뭐가 뭔지 어리둥절하기만 한 기자들이 얼떨결에 받아 든 자료는 제법 두툼했다. 대체 뭔가 싶어 자료를 한 장, 한 장 넘기는 기자들의 얼굴이 시시각각 경악으로 물들고 있었다.

거기에 적힌 단계별 핵융합로 개발 계획만 해도 터무니없을 지경인데 헬륨3라니? 달 기지라니?

"이건 무슨 공상과학소설도 아니고… 이게 정말 가능하단 말입니까?"

다들 도저히 믿을 수 없다는 표정이다.

누구 말대로 거기에 적힌 것들은 정말이지 공상과학소설에서나 나올 법한 황당무계한 것투성이였다.

그러나 혁준은 단호했다.

"가능합니다. 이미 미국, 독일, 프랑스, 그리고 러시아를 통해 거기에 있는 계획은 모두 검증을 마친 상태입니다. 해서 미국, 독일, 프랑스, 러시아로부터는 새 국제기구의 초기 회원국 자격으로 저희 프로젝트에 적극 협조하겠다는 확답도 얻어놓은 상태입니다. 아시다시피 그들 4개국은 ITER 최대 지분국이기도 합니다. 그들이 가진 기술과 노하우는 돈으로 환산할 수도 없는 것들이죠. 그 모든 것을 아낌없이 빌려주겠다는 약속을 받았습니다. 이런데도 이게 가능한 일이 아닌 것 같습니까? 아직도 공상과학소설처럼 보이십니까?"

혁준의 말에 장내는 다시 한번 충격에 휩싸였다.

하지만 그 충격은 더 이상 불신도 황당무계도 아니었다. 믿을 수 없지만 믿을 수밖에 없는 분명한 현실에 그저 놀라고 있는 것뿐이다.

핵융합로에 관해서는 최고의 권위를 가진 국가들이 이미 검증을 마쳤다는데 달리 무슨 말을 할 수 있겠는가.

그때 한성일보의 정찬형이 불현듯 떠오른 생각에 급히 손을 들었다.

혁준이 고개를 끄덕이자 정찬형이 자리에서 일어섰다.

"한성일보 기자 정찬영입니다. 방금 말씀하시기를 미국, 독일, 프랑스, 러시아 4개국을 초기 회원국이라 하셨는데… 한국은 어떻게 됩니까? 한국도 당연히 초기 회원국에 포함되는 거겠지요?"

정찬형의 말에 모든 기자의 시선이 혁준에게 몰렸다.

혁준이 준 자료대로라면 향후 새 기구를 중심으로 세계의 질서가 완전히 재편될 것이 불을 보듯 뻔했다. 그만큼 초기 회원국이란 지위는 엄청난 부와 권력을 대한민국에 가져다줄 것이다.

다행히 조짐은 좋다. 어쨌거나 대한민국은 혁준의 모국이 아닌가. 거기다 최근의 행보를 보면 여러 방면으로 한국에 호의적인 모습을 많이 보였다.

심지어 프로야구단 창단을 위해 KBO와 물밑 교섭을 진행 중이라는 소문까지 돌고 있을 정도이다.

무엇보다 국제기구인 만큼 형식상으로나마 수족 역할이나

발언 창구가 되어줄 나라가 필요하고, 그 역할에 모국인 대한민국만큼 적합한 곳이 없는 것이다.

그렇게 모두가 기대로 눈을 반짝이는데, 정작 혁준의 입에서 나온 말은 그들의 기대와는 전혀 다른 것이었다.

"한국은 초기 회원국에 포함되지 않습니다."

"……!"

"한국은 자격이 되지 않습니다!"

혁준의 단호한 말에 충격을 받은 기자들은 잠시 할 말을 잃었다. 그러다 발끈하며 따졌다.

"어째서 한국이 자격이 되지 않는단 말입니까? 핵융합로에 대한 독자적인 기술력은 세계 어디에 내놔도 뒤처지지 않는다고 알고 있습니다! 그리고 내년부터 G9 회원국으로 정식으로 가입되는 만큼 이젠 세계경제를 선도하는 국가가 되었습니다!"

물론 그것도 다 경제특구 덕분이긴 하지만 무엇보다 뭐니 뭐니 해도 한국은 혁준의 모국이 아닌가.

"자격으로 따지면 한국만큼 자격이 충분한 나라도 없지 않습니까?"

"물론 경제적인 면에서 한국은 충분히 경쟁력이 있습니다."

"그런데 왜……?"

"자료를 보셔서 알겠지만 새롭게 출범할 국제기구는 다음 세대의 문명을 이끌어갈 범세계적인 프로젝트입니다. 향후 백 년, 아니, 천 년의 미래를 책임질 토대이자 토양이 될 것입니다. 그런 중차대한 사업의 파트너를 선정하면서 어떻게 경제적인 측면 하나만을 보고 결정할 수가 있겠습니까?"

"그럼 어느 부분에서 한국이 자격 미달이라는 겁니까?"

기자의 질문에 혁준이 주저 없이 대답했다.

"정치입니다."

전혀 생각지 못한 대답인 듯 기자단 모두가 이해가 되지 않는다는 표정이다.

기자단을 보며 혁준이 말을 이었다.

"한국은 분명 세계경제를 주도할 만큼 경제적으로 급격한 성장을 이루었습니다. 경제대국을 논함에 있어 이제 대한민국이란 이름을 빼놓고는 설명이 되지 않을 정도죠. 하지만 한국의 정치는 여전히 20세기 구태에서 벗어나질 못하고 있습니다."

"그렇지 않습니다! IMF 위기를 겪으면서 한국 정치는 많이 변화되었고 성장도 했습니다! 대통령은 덕망과 역량을 겸비했고, 새로운 인재도 많이 등용되지 않았습니까?"

반박한 것은 박원상이었다.

혁준이 비웃듯 피식 실소를 흘렸다.

"겉으로 보자면 그렇습니다. 뭐, 저도 한국에 돌아오기 전까진 그렇게 알고 있었고, 좋은 정치 풍토를 만드는 데 일조한 것 같아 마음이 뿌듯하기도 했습니다."

일조한 정도가 아니다.

IMF로부터 한국을 지켜준 것도 혁준이었고 썩은 내 나는 정치판을 갈아엎은 것도 혁준이다.

"그러나 막상 한국으로 돌아와 제 눈으로 확인한 한국의 정치판은 그야말로 80년대에 그대로 머물러 있었습니다. 덕망과 역량을 겸비한 대통령? 새로운 인재? 그게 다 무슨 소용이란 말입니까? 막후에서 나라를 쥐락펴락하며 주물러 대는 정치 괴물들은 그대로 있는데. 그들이 누리는 권력은 조금도 줄어들지 않았는데. 이 나라 정치는 그렇게 노후하고 낙후된 채로 조금도 발전이 없었더라 이 말씀입니다."

"대체… 그 막후의 정치 괴물이란 게 누구를 말씀하시는 것입니까?"

박원상의 물음에 혁준이 잠시 박원상을 보다가 불쑥 물었다.

"미래경향의 박원상 기자님이 맞으십니까?"

혁준이 자신의 이름을 알고 있을 거라고는 생각 못 한 박원상이 흠칫 놀랐다.

"정치부 기자시구요?"

아무래도 기자단 명단을 다 외우고 온 모양이다.

잠시 놀란 박원상이 이내 마음을 추스르고 고개를 끄덕였다.

"그렇습니다. 미래경향 정치부 기자 박원상입니다."

"정치부 기자이니 아시겠군요. 요즘 저를 못 잡아먹어서 안달을 내는 분이 누군지."

혁준의 질문에 기자들의 눈이 일제히 박원상에게로 집중되었다.

혁준이 누구를 말하는 건지 당연히 알고 있다. 하지만 입안에서 맴돌고 있는 이름 석 자를 내뱉어야 하는지 잠시 갈등했다.

이 많은 기자 앞에서 공개적으로 거론하기에는 그 이름의 무게가 너무 무겁다.

자칫 함부로 입에 담았다가는 정치부 기자로서의 창창한 앞날에 먹구름이 낄 수도 있었다. 미래경향이 반청계 쪽의 언론이라 입장은 더욱 곤란했다.

그렇게 박원상이 쉽게 대답을 못 하고 있을 때다.

"집권 여당 반청계 대표인 박인임 의원을 말씀하시는 것입니까?"

박원상을 대신해 불쑥 끼어들어 대답한 것은 정찬형이었다.

어디까지나 그도 박원상에게 들어 알고 있는 거지만 박원상의 입장이 입장이다 보니 쉽게 그 이름을 꺼내지 못하자 나름 배려 차원에서 나서준 것이다.

그렇게 곤혹스러운 상황에서 벗어난 박원상이 안도하며 정찬형에게 고마움의 시선을 보냈고, 혁준의 시선도 이내 정찬형에게로 옮겨졌다.

"한성일보의 정찬형 기자라 하셨죠? 제가 알기로는 정치부 기자가 아니신 걸로 아는데……."

"사회부입니다."

"그런데도 꽤 고급 정보를 알고 계시는군요. 맞습니다. 박인임 의원님께서 저를 무척 눈엣가시처럼 생각하고 계시죠. 오죽하면 시위대까지 보내서 그런 사달이 나게 했겠습니까?"

순간, 회견장 안이 소란스러워졌다.

이 대목에서 박인임이란 이름이 나올 거라곤 전혀 예상치 못한 기자들이 태반이었다.

"박인임 의원이 왜 권 대표님을 눈엣가시로 생각한단 말입니까? 그리고 시위대라니? 그건 또 무슨 말씀입니까?"

"여러분이 이곳에 온 이유, 저한테서 듣고자 한 것이 무엇입니까? 경제특구의 해체를 촉구하는 시위대와 그 시위대를 향한 특구 치안대의 과잉 진압에 대한 소명을 듣고자 한 것이 아닙니까? 그런데 그건 아십니까? 그 시위대가 박인임 의원의 박사모가 주축이 된 시위대라는 것 말입니다."

"예? 박사모라구요? 그게 정말입니까?"

회견장 안이 한층 더 소란스러워졌다.

"그렇습니다. 경제특구에서 불법 시위를 주도한 것은 박사모였습니다. 과연 그게 박사모 단독 행동이었을까요? 아닙니다. 당연히 그 뒤에는 박인임 의원이 있습니다. 아시는 분들도 있겠지만 저와 기가스컴퍼니, 그리고 경제특구까지 싸잡아서 비난을 해대는 일부 방송사와 언론사의 뒤에도 박인임 의원과 반청계가 있죠. 과연 박인임 의원과 반청계가 그렇게까지 저를 못 잡아먹어서 안달을 내는 이유가 무엇일까요? 그건 제가 그들의 돈줄을 틀어막으려고 했기 때문입니다."

"돈줄이라면……?"

"친청계에 비하면 머릿수도 작은 반청계가 막후에서 이 나라를 쥐락펴락할 수 있는 가장 근본적인 힘은 바로 돈입니다. 그 막대한 정치자금을 어디서 조달해 왔는지 혹시 아시는 분계십니까?"

혁준의 반문에 멀뚱히 주위를 둘러볼 뿐 누구 하나 대답하는 사람이 없다.

정찬형이 혹시나 하는 마음으로 박원상을 보지만 박원상도 거기까진 모르는지 쓴웃음을 베어 물며 어깨를 으쓱일 뿐이다.

"역시 다들 모르시는군요. 요즘 한창 사회 문제가 되고 있는 불법 도박 사이트, 그 사이트를 운영하는 조직이 정치자금을 반청계에 상납하고 있다는 사실도 당연히 모르실 테고."

"그게 무슨… 그럼 반청계가 불법 도박 사이트 조직과 커넥션이 되어 있다는 말씀입니까?"

"단지 커넥션 정도가 아닙니다. 그 조직으로부터 반청계에 흘러들어 간 돈의 액수를 생각하면 그건 절대 뒷배를 봐주고 상납금을 받는 수준이 아니었습니다. 그야말로 반청계에서 만든 사조직이 아닐까 의심이 될 정도죠. 그리고… 박인임 의원을 비롯한 반청계가 여론을 선동해 저와 기가스컴퍼니, 경제특구를 압박한 이유는 제가 그들 불법 도박 사이트 조직과 마찰을 빚은 일이 있었기 때문입니다. 존재할 하등의 가치가 없는 사회악인 그들을 비호하기 위해서 말입니다."

그야말로 회견장 안이 발칵 뒤집혔다.

지금 혁준의 입에서 담담히 흘러나오는 것들은 이 나라 정치계를 송두리째 뒤흔들 수 있을 만한 역대급 정치 비리 게이트였다.

충격과 불신이 뒤엉킨다.

"그, 그걸 증명할 만한 증거가 있습니까?"

기자 중 하나가 도저히 믿지 못하겠다는 얼굴로 묻는다.

혁준이 담담히 고개를 끄덕였다.

"아무렴 제가 기자님들을 모셔놓고 아무런 증거도 없이 이런 이야기를 하겠습니까?"

혁준이 다시 비서에서 눈짓하자 비서들이 기자들에게 서류 봉투를 나눠 주었다.

"이게 뭡니까?"

"불법 도박 사이트 조직으로부터 반청계 인사들에게 흘러간 자금 내역서입니다."

혁준의 말에 기자들이 황급히 봉투 속의 서류를 꺼내 들춘다.

그렇게 서류를 읽어 내려가는 기자들의 표정이 시시각각 경악으로 물들었다.

거기에 적혀 있는 이름은 단지 반청계 인사만이 아니었다. 친박계의 정치 신인부터 야당의 중진들에 이르기까지 무려 70명에 이르는 국회의원의 이름이 총망라되어 있었다.

"이게… 이게 정확한 정보입니까?"

"물론입니다."

"이런 정보를 어떻게 구한 겁니까?"

"제가 구하고자 해도 못 구하는 건 아마도 세상에 그리 많지 않을 겁니다."

허세도 허풍도 아니다.

부시 정부와의 끝장 승부에서 혁준이 이길 수 있던 요인 중 하나도 정보전에서 주도권을 잡은 게 컸다.

미국 CIA와의 정보전에서도 이긴 그가 이런 정보 하나 얻어내지 못할 이유가 없는 것이다.

"참고로 하나 더 말씀을 드리자면 오늘 새벽에 있었던 특구 치안대와 시위대 사이에서 발생한 사고도 단순한 사고가 아닙니다."

"단순한 사고가 아니라면요?"

"박인임 의원의 보좌관이 박사모 회장에게 과격 시위를 지시하고 치안대 대원 두 명을 포섭해 시위대와의 무력 충돌을 유도했습니다. 사람이 두 명이나 사망을 한 사건이고 불법의 여지가 다분한 일이기에 이미 관련된 녹취록과 증거 자료들은 검찰로 보내놓은 상태입니다."

이건 또 무슨 소린가?

"그럼 이번 시위대 사건도 다 박인임 의원이 조작한 거란 말씀입니까?"

"그건 나중에 따로 각 신문사와 방송사에도 관련 증거들을 보내 드릴 테니 직접 확인해 보시면 판단이 설 거라 생각합니다. 그보다 제가 여러분에게 이런 말씀을 드리는 것은 한국의 정치에 관여하거나 주제넘게 한국 정치 풍토를 바로잡겠다는 의도로 드리는 말씀이 아님을 분명히 알아주셨으면 합니다. 어디까지나 새 국제기구의 출범에 앞서 엄정한 잣대로 초대 회원국들을 선정하는 과정에서 한국의 이런 정치 풍토를 알게 되었고, 한국이 자격이 되는지를 엄중히 조사하는 과정에서 여러 정보를 취합하게 된 바, 한국이 초대 회원국으로서 자격이 되지 않는 이유가 이와 같으니 저희로서도 어쩔 수 없는 선택임을 이해해 달라는 말씀을 드리기 위해서입니다. 그럼 이것으로 기자회견을 마치겠습니다."

"자, 잠깐만……."

"권 대표님, 새 국제기구의 초대 회원국이 가지는 혜택은 어떤 것이 있습니까?"

"박인임 의원과는 따로 만난 적이 있습니까?"

기자들에게 핵폭탄 같은 기삿거리를 던져놓고 대뜸 기자회견을 마치겠다고 하자 여기저기에서 다급하게 질문들이 쏟아졌다.

하지만 혁준은 냉정히 고개를 저었다.

"저희의 입장과 결정, 그리고 그 결정의 이유에 대해서는 이미 충분히 설명되었다고 생각합니다. 그러니 더 이상의 질문은 받지 않겠습니다."

그러고는 혼란에 빠진 기자들을 내버려 두고 무심히 회견장을 떠나 버렸다.

혁준이 떠나고도 회견장 안은 한참이나 카오스 상태였다.

"대체 이게……."

어떤 걸 메인 기사로 정리해야 한단 말인가?

전 세계를 충격에 빠뜨릴 새 국제기구의 출범?

아니면 그 국제기구에 한국이 제외되었다는 절망적인 소식?

그도 아니면 어쩌면 건국 이래 최악의 정치 비리로 기록될 수도 있는 박인임 게이트?

단지 시위대에서 일어난 사고에 대한 해명이나 들으러 온 기자들로서는 이게 대체 웬 날벼락인가 싶을 정도였다.

종장(終章)

쾅!

박인임이 수화기를 거칠게 내려쳤다.

그러고도 분이 다 안 풀리는지 앞에 놓인 재떨이마저 집어 던졌다.

방금 걸려온 전화는 정수찬 의원이었다. 불법 도박 사이트 와 관련해 혁준과는 직접 부딪친 만큼 방금 끝난 혁준의 기자 회견 내용에 놀라 어떻게 하냐며 가장 먼저 소식을 전해온 것이다.

새 국제기구라니? 헬륨3에 10년 내 핵융합발전소의 완공이라니?

혁준이 그런 패를 쥐고 있을 줄 어찌 상상이나 했겠는가.

가만히 앉아서 당하고만 있지는 않을 거라 생각했지만 그런 패로 자신을 치고 들어올 줄은 감히 상상도 못 했다.

그야말로 무력시위. 세계경제의 제왕이라 부르는 자의 스케일을 새삼 실감하게 한다. 단단히 쳐둔 아집 속으로 처음으로 상대를 잘못 잡았나 하는 후회가 밀려든다.

그때 보좌관이 들어왔다.

"총재님, 성정일 의원과 여러 의원이 총재님을 뵙겠다고 찾아오셨습니다."

반청계의 중진 의원들이다.

지금 당장 발등에 불이 떨어진 것이 반청계인 만큼 그들의 방문이야 이미 예상하고 있었다. 박인임은 가슴속에서 회오리치는 분노를 애써 다스리며 보좌관에게 말했다.

"회의실로 모시게."

그들이 먼저 찾아오지 않았으면 불러서라도 대책을 논의해야 하는 상황이었다.

*　　　*　　　*

반청계를 대표하는 중진 의원 여섯 명이 회의실 소파에 나란히 앉아 있다.

그 얼굴에는 하나같이 당혹감이 묻어 있었다.

그도 그럴 것이, 이들 모두가 기자회견장에서 뿌려진 불법 도박 사이트 관련 비리 인사 명단에 이름이 오른 자들이었다.

그때 회의실 문이 열리며 박인임이 들어왔다.

"총재님!"

그렇게 외치며 벌떡 몸을 일으키는 반청계 중진들의 얼굴에는 반가움과 기대가 어우러진다.

박인임이 비워둔 상석에 엉덩이를 깔며 의원들을 둘러본다.

"다들 얼굴들이 말이 아니군."

"소식 들으셨습니까?"

"무슨 소식? 아, 오늘 기자회견 말인가?"

재떨이까지 집어 던지며 흥분하던 박인임이건만 지금 그렇게 반문하는 박인임의 얼굴은 언제 그랬냐 싶게 태연했다.

아니, 태연한 척하는 것이다.

그가 흔들리면 반청계에 번지고 있는 불안이 걷잡을 수 없이 커질 테니까. 불안은 이기심을 키우고 커진 이기심은 반목으로 이어질 테니까. 그리되면 공멸뿐이다. 그러니 어떠한 경우라도 그는 여유로워야 하며 굳건해야 한다.

"어떻게 합니까? 이미 기자회견 내용이 인터넷에 쫙 깔렸습니다."

"각종 포털은 그야말로 난리 통입니다. 뉴스난이 죄다 정치 비리 관련 기사로 도배가 된 데다 벌써 게이트니 뭐니 떠들고 있습니다."

"포털엔 이미 우리 이름도 검색어에… 이러다가 특검까지 가면 큰일이 아닙니까?"

죽을상을 하고 토로해 대는 의원들의 절박한 아우성을 박인임은 손을 흔들어 진정시킨 후 차분히 말했다.

"일단 할 수 있는 것부터 해야겠지."

"할 수 있는 것부터라면요?"

"이런 문제일수록 고전적인 방법이 가장 효과적이지 않나. 이럴 때를 위해 준비해 둔 기삿거리들 많잖아."

"연예인 스캔들 말씀입니까?"

"그래. 배우 그 누구더라… 마약 한다던……. 일단 그것부터 해서 불륜도 좋고 열애설도 좋고 가지고 있는 것 싹 다 풀라고 해. 그렇게 여론을 분산시켜서 일단 시간부터 번 다음에 다음 대책을 세워봐야지."

"그럼 특검은… 야당이 난리를 칠 게 뻔한데 특검을 피할 수 있겠습니까?"

"특검은 못 피하겠지. 야당도 야당이지만 대통령부터 이런 문제를 유야무야 넘길 위인은 아니니까. 그 천둥벌거숭이 같은 장사꾼 놈이 어설픈 증거를 내놨을 것 같지도 않고."

"그럼 큰일이 아닙니까?"

반청계 인사 대부분이 관련된 정치 비리다. 특검이 시작되면 반청계가 아예 뿌리째 흔들릴 수도 있었다.

"증거가 확실한 상황에 특검마저 시작된다면 우리가 해야 할 일은 뻔하지 않은가?"

"⋯⋯?"

"은폐가 안 된다면 축소라도 시켜야지."

"하지만 어떻게⋯⋯?"

"일이 이렇게까지 된 마당에 희생은 불가피한 것 아니겠는가? 모두를 위해 누군가는 총대를 메는 수밖에."

박인임의 말에 순간 회의실 안이 정적에 휩싸였다.

박인임의 말이 뜻밖이어서가 아니었다. 그들 역시 정치판에서 굴러먹을 만큼 굴러먹은 정치꾼들이었기에 지금으로서는 그것이 최선이라는 것쯤은 다들 생각하고 있었다.

문제는 총대를 누가 메느냐는 것이다.

반청계 대부분이 명단에 올랐다.

의원 한두 명으로 묻을 수 있는 일이 아니었다. 초선의원 몇 명 총알받이로 내세워 무마할 수 있는 일도 아니었다.

적어도 이 자리에 모인 사람 중 둘 이상은 검찰청 포토 라인 앞에 서줘야 성난 여론이 납득할 것이다.

그것이 침묵의 이유였다.

이럴 때는 먼저 입을 여는 사람이 매를 맞게 마련이니까.

그렇게 서로 눈치 보기에 바쁜 의원들을 보며 박인임이 먼저 정적을 깨뜨렸다.

"처음 국회에 입성하고부터 지금까지 내 가슴에 의원 배지가 달리지 않은 시간을 햇수로 계산하면 15년 정도 될 게야. 낙선도 했고 의원직 사퇴도 했지. 그런데도 난 지금 이렇게 한 계파를 이끄는 자리에 앉아 있네. 이유가 뭘까?"

"……."

"어떤 상황에서도 당을 버리지 않았기 때문이네. 국회의원 배지보다 당론을 우선에 두었고 국회의원으로서의 신념보다 내가 속한 계파의 이익을 더 높은 가치로 생각했기 때문이네. 그게 정치인이고 그게 이 나라 정치인이 가져야 할 정의이지. 다다음 총선까지 6년. 정치인이 정치를 하기에는 짧은 시간이지만 정치인이 가진 흠을 지우기에는 아주 긴 시간이지. 여론의 기억이란 것은 생명력이 아주 짧으니까."

잠시 말을 끊은 박인임은 보다 날카롭고 힘 있는 눈빛으로 의원들을 훑어보았다. 그리고 내뱉는 말은 한 마디, 한 마디가 바위처럼 무거웠다.

"6년 후 내 가장 가까이에 앉을 사람, 누가 되시겠나?"

그 순간 박인임은 벌받을 사람을 찾는 것이 아니라 기회 받을 사람을 고른다는 듯이 의원들을 보고 있었다.

박인임의 집을 나서는 의원들의 표정은 하나같이 어두웠다. 서로 간에 말 한마디 없다. 눈도 마주치지 않는다.

박인임은 총대를 메는 자에게 최고의 자리를 약속했지만, 정치하는 자들의 입에서 나오는 약속이 얼마나 가벼운지 누구보다 잘 아는 그들이다. 당장 내일도 장담 못 하는 것이 정치판인데 6년 후의 일을 어찌 보장한단 말인가.

내가 살기 위해서는 그들 중 누군가는 죽어야 했다.

누군가의 목에 칼을 꽂아야만 자신이 살 수 있었다. 박인임은 그 치열하고 잔혹한 전장으로 그들을 내몬 것이다.

당연히 불만은 있다.

'결국 우리를 먹이로 던져주고 저만 살겠다는 거 아닌가?'

앞서 나오던 성정일이 고개를 돌려 높이 솟아 있는 저택을 본다. 가려진 창문 뒤에서 박인임은 어떤 표정으로 자신들을 보고 있을까?

"성 의원님."

복잡한 시선으로 그렇게 박인임의 저택을 올려다보고 있을 때, 한진태 의원이 뒤따라 나오며 성정일을 불렀다.

"역시 예상대로였죠?"

한진태가 입가에 쓰디쓴 고소를 머금자 다른 의원들도 그제야 서로를 보며 답답한 한숨을 푹 내쉰다.

"결국 폭탄은 우리가 안고 가야 한다는 건데, 사태의 심각성을 생각하면 우리만 죽어서 되는 것도 아니고… 결국 내 사람들까지 다 같이 죽어야 끝나는 판 아니겠습니까?"

박인임의 약속을 온전히 믿지 못하는 이유 중 하나이다.

폭탄을 떠안게 될 사람은 그 혼자가 아니라 수십 년 동안 키워온 그들의 사람들까지 총알받이로 내어놓아야 한다.

사태의 무게나 그 뒤에 있는 기가스컴퍼니의 힘을 생각하면 그 정도 퍼포먼스는 보여줘야 씨알이 먹힐 것이다.

즉, 수십 년 동안 쌓아온 당내 기반을 탈탈 털어줘야 한다는 건데, 박인임이 밀어준다고 해서 과연 6년 후 당내 기반 하나 없이 재기가 가능할까?

아니, 당내 기반 하나 없는 끈 떨어진 연 신세의 그들을 과연 박인임이 다시 거둬주기나 할까?

"아니, 그전에 그때까지 우리 반청계가 남아 있겠습니까? 총재님 말씀대로 우리 중 몇이 총대를 멘다고 해도 이번 일은 우리 계파 세력의 절반은 날아가고도 남을 일인데……."

"그래서요? 한 의원께서 하시려는 말씀이 뭡니까? 그자가 말한 대로 따르기라도 하겠다는 겁니까?"

성정일의 입에서 '그자'라는 단어가 튀어나온 순간 모두의 눈빛이 변했다. 그들이 이렇게 박인임을 찾아오기 직전, 그들 모두에게 한 통의 전화가 걸려왔다.

─기가스컴퍼니 대표 권혁준입니다.

그렇게 스스로를 밝힌 그자, 그자가 그들 모두에게 건네 말
은 간단했다. 박인임을 버리라는 것.

박인임을 버리면 반청계는 무사할 거라고도 했다.

"총대를 멘다면 응당 총재님이 메시는 게 여러모로 모양새
가 좋긴 한데 말입니다."

"막말로 반청계의 존폐가 걸린 일에 총재님이 뒷짐만 지고
있는 것도 과히 그림이 좋지 않긴 하지요."

"사실 우리야 떨어지는 콩고물이나 주워 먹은 것뿐이지, 따
지고 보면 그 양아치들을 끌어들인 건 총재님이 아닙니까?"

여느 때라면 감히 입 밖으로 꺼내지도 못할 생각들을 권혁
준이라는 이름을 등에 업고 툭툭 뱉어낸다.

그 같은 분위기를 한발 물러서서 지켜보던 성정일이 다시
금 저 높은 저택을 올려다본다.

그래, 박인임을 버리면 정말로 그들에게 살길이 열릴지도
모른다.

한낱 장사치의 세 치 혓바닥을 어찌 믿으랴마는 박인임과
권혁준, 정치꾼과 장사치, 굳이 둘 중 하나를 믿어야 한다면
장사치 쪽에 그나마 더 무게 추가 기운다.

'하지만……'

박인임의 그늘에서 정치 밥 먹은 지가 벌써 20년을 훌쩍 넘었다.

지금의 정치인 성정일을 있게 한 그 크고 든든한 그늘을 버리는 것이 간단할 리가 없는 것이다.

*   *   *

"과연 그들이 박인임을 등질까요?"

차유경의 물음에 혁준이 어깨를 으쓱여 보인다.

"글쎄… 키를 쥐고 있는 건 성정일인데……."

다른 자들이야 입으로만 나불거리지 감히 반정을 도모할 만한 배포가 안 된다.

그만한 배포와 강단이 있는 자는 성정일뿐이다. 성정일이 반정을 결심하면 다른 자들은 자연스럽게 따라갈 것이다.

"굳이 번거롭게 그럴 것이 아니라 차라리 이참에 비리 정치가들을 싹 솎아내는 방향으로 가는 게 낫지 않을까요?"

"그래서는 박인임 그 너구리 같은 영감은 못 잡으니까."

박인임은 꼬리를 남기지 않았다. 이번 사태의 중심에 있는 것이 분명한데도 잡다한 정황 증거만 가득할 뿐 연관되었다는 실제적이고 결정적인 증거는 찾을 수 없었다.

"누가 너구리 영감 아니랄까 봐 자기 살 구멍만은 확실하게 만들어두고 있었더란 말이지."

지금으로써 박인임을 잡을 방법은 내부에서 흔드는 수밖에 없었다.

그간 한솥밥을 먹어온 반청계 중진이라면 분명 기가스컴퍼니의 정보력으로도 얻을 수 없는 무언가 결정적인 한 방을 가지고 있을 것이다.

사실 그래서 각계각층으로 흘러들어 간 검은돈임에도 불구하고 반청계만을 타깃으로 잡은 것이다.

먼저 반청계를 고립시키고 그 반청계로부터 박인임을 고립시키는 것, 그것이 혁준의 계획이었다.

"잘만 되면 박인임도 잡고 반청계까지 길들일 수 있을 테니까."

"반청계까지 길들일 생각이세요?

"아니면 내가 성정일 그자한테 기가스컴퍼니가 당신을 후원하겠다는 약속까지 할 리가 없지. 이왕 이렇게 된 거, 성정일이 반청계 수장 자리까지 꿰차주면 좋겠는데 말이야. 그렇게만 되면 우리의 한국에서의 운신 폭도 넓어질 테고 앞으로 이런 지저분한 일로 한국 정부랑 부딪칠 일도 없을 테고. 한국은… 내 철저한 우방이 되어주지 않으면 곤란하단 말이지."

기자회견에서는 새 국제기구에 한국을 배제하겠다고 했지

만, 애초부터 한국을 버릴 생각 따윈 전혀 없었다. 새 국제기구의 얼굴마담으로, 그리고 그의 대변자로, 또한 소통 창구로서 한국만큼 적합한 곳이 없었다.

'게다가 아버지, 어머니도 이젠 한국으로 들어와 살고 싶다고들 하시고.'

그러니 한국은 못 버린다.

조금은 귀찮고 거추장스러워도 안고 가야 한다.

'어차피 안고 가야 하는 거라면 확실하게 내 편을 만들어 두는 것이 여러모로 편하고.'

그 모든 것은 성정일의 선택에 달렸다.

과연 성정일이 20년 충정을 버리고 그가 내민 손을 잡을까?

그때.

띠리리리, 띠리리리.

폰이 울렸다. 발신자는 다름 아닌 성정일이었다.

[성정일 의원을 필두로 반청계 중진 의원들, 검찰 자진 출두. 특검법 발의를 앞두고 거대 정치 비리 카르텔, 수면 위로 드러나나?]

"흠……."

들고 있던 신문을 내려놓는 박인임은 이해가 안 된다는 얼굴이었다.

'저리 몰려갈 필요까지는 없는데…….'

총대를 메기로 한 자들만 자수하면 될 일이었다.

'거기다 나한테 말도 없이?'

가장 이해가 안 되는 부분이다. 총대를 멜 자들이 결정되었다면 응당 자신에게 먼저 보고가 올라와야 했다.

하다못해 그렇게 간택된 자라면 그에게 달려와서 '반청계를 위해 살신성인한다, 그러니 약속 잊지 말라'고 한 번 더 확언이라도 받아두는 게 인지상정이다. 그런데 저런 행동을 하는 동안 그에겐 일언반구조차 없었다.

뭘까, 가슴 저 깊은 곳에서 스멀스멀 올라오는 불안감은?

'설마…….'

찰나 '배신'이라는 단어가 뇌리를 스쳐 간다.

"아니지. 그럴 리가 있나……."

햇병아리 초선 때부터 보아온 자들이다. 싹수 있는 자들을 직접 골라 먹이고 입혀서 지금의 그들을 만들어주었는데 배신이라니?

아니, 의리고 은혜고 그런 걸 다 떠나서 국민보다 우선하는 게 국익이고 국익보다 우선하는 게 당론이며 당론보다 우선하는 게 계파의 존립이다.

정치인이란 국민을 위해 존재하는 것이 아니라 계파를 위해 존재한다고 해도 과언이 아닐 만큼 이 나라는 계파의 나라이다. 국회의사당에 계파를 배신한 정치가가 발을 붙일 의자 따위는 단 한 석도 없었다.

그걸 누구보다 잘 아는 그들이 반청계를 배신하는 짓 따위를 할 리가 없는 것이다.

'그래, 그럴 게야.'

위기에 몰린 반청계를 위한 나름의 과잉 충성일 것이다.

그렇게 생각하며 마음의 불안을 지우려는데.

"초, 총재님!"

보좌관이 다급한 얼굴을 하고 뛰어들어 왔다.

"무슨 일인가?"

"그게… TV를……."

"……?"

박인임이 의아해하며 멀뚱히 있는 사이 보좌관이 일일이 설명할 여유도 없는 표정을 하고는 TV부터 켰다. TV를 켜자 가장 먼저 커다란 타이틀 문구가 눈에 들어왔다.

[속보] 반청계 영수 박인임 의원, 불법 정치자금 연루 의혹!

"…반청계 의원들이 잇따라 검찰에 출두한 가운데, 반청계 의원들이 그 배후로 박인임 의원을 지목하고 있는 것으로 알려졌습니다. 성정일 의원 등은 이번 불법 도박 사이트 건은 물론 그 외에도 그동안 박인임 의원이 저질러 온 여러 불법 행위들에 대한 관련 증거들을 검찰에 제출했으며, 이에 검찰은 내부적으로 증거의 신빙성 유무를 가리는 절차에 들어간 것으로 보입니다."

"김선우 기자, 만일 그 증거들이 사실일 경우엔 앞으로 어떤 식으로 진행될 것 같습니까?"

"만일 그 증거들이 사실일 경우 정치자금법 위반에서부터 알선 수재, 금품 수수, 배임 등의 혐의로 박인임 의원에 대한 검찰의 소환 조사가 불가피할 것으로 보입니다. 더불어 특검법 발의도 한층 더 속도가 붙을 것으로 예상되는 가운데……."

앵커와 현장 기자의 대화가 한참이나 이어지는 동안 박인임은 얼이 빠진 채 멍청한 얼굴을 하고 있었다.

도대체 뭐가 어떻게 돌아가는 상황인지 모르겠다.

검찰에 출두한 반청계 의원들이 배후로 자신을 지목하다니?

불법 행위들에 대한 관련 증거들을 제출하다니?

대체 지금 무슨 일이 벌어지고 있단 말인가?

"전화 연결해!"

"예?"

"성 의원한테 전화 연결하라고! 지금쯤이면 검찰 조사는 끝났을 거 아냐!"

"아, 예……."

박인임의 지시에 급히 핸드폰을 꺼내 드는 보좌관이다. 하지만 굳이 전화를 걸 필요가 없었다.

띠리리리리, 띠리리리리.

그가 전화를 걸기도 전에 벨이 울리고 발신자 표시에 성정일의 이름이 뜬 것이다.

"총재님, 성정일 의원입니다."

"뭐? 이리 줘!"

박인임은 조급한 마음을 참지 못하고 빼앗듯이 폰을 낚아챘다.

"이봐, 성 의원. 대체 이게 어떻게 된 일인가? 자네들 지금 무슨 일을 꾸미고 있는 거냐 말이야!"

다른 의원들 앞에서 단 한 번도 흐트러진 모습을 보인 적이 없는 박인임이다.

흐트러짐 없이 냉정한 카리스마로 반청계 의원들을 휘어잡아 온 철혈의 정치가지만 지금 이 순간만큼은 감정의 동요를 숨기지 못한 채 격앙된 목소리를 토해냈다.

"자네들… 진정 반청계를 배신이라도 하겠다는 건 아니겠지?"

─당연히 반청계를 배신하려는 것이 아닙니다.

"그렇지? 그래, 정치 밥을 그만큼 먹은 자네들이 그런 바보 같은 짓을 할 리가 없지. 암, 그렇고말고! 그런데… 지금 뉴스에서는 왜 저따위 말도 안 되는 소리가……?"

─총재님께서 그러지 않으셨습니까? 누군가는 총대를 메야 한다고.

"뭐?"

─어차피 누군가는 총대를 메야 한다면 그 효과를 가장 극대화할 수 있는 사람이 총대를 메야 한다. 그게 지금 백척간두의 위기에 처한 우리 반청계를 위한 최선이다. 저희는 그저 그렇게 결정을 내린 것뿐입니다.

"……."

─총재님, 반청계를 위해 앞에 서주십시오.

"……."

─따지고 보면 그런 더러운 돈을 반청계에 끌어들인 건 총재님이 아니십니까? 책임을 가장 중하게 지셔야 하는 것도 총재님이고 지금 이 위기를 타개하기에 가장 큰 역할을 할 수 있는 것도 총재님이십니다. 그러니 반청계를 위해 큰 걸음을 부탁드립니다, 총재님!

"이……!"

폰을 든 손이 부들부들 떨린다.

─총재님, 총재님이 갖은 세파에도 지금 그 자리에 있을 수 있는 것은 어떤 상황에서도 당을 버리지 않았기 때문이라 하지 않았습니까? 금배지보다 당론을 우선에 두고 신념보다 계

파의 이익을 더 높은 가치로 생각하는 것이 정치인이고 그게 이 나라 정치인이 가져야 할 정의라 하지 않았습니까? 다다음 총선까지 6년, 정치인에겐 짧은 시간이지만 정치인이 가진 흠을 지우기에는 아주 긴 시간입니다. 앞으로 6년 동안 반청계 가장 높은 자리를 비워두고 기다리겠습니다. 잠시 쉬다 오십시오.

바로 어제 반청계 중진들에게 한 말을 성정일이 고스란히 돌려주고 있었다.

주체할 수 없는 배신감과 분노로 눈가가 파르르 떨린다.

당연히 순순히 받아들일 박인임이 아니었다.

6년 후의 약속 같은 걸 믿을 만큼 순진하지도 않았다.

"이대로 나 혼자 죽을 것 같은가? 아니, 나 하나 죽는다고 자네들은 무사할 성싶은가?"

─살려주겠다더군요.

"뭐?"

─권혁준 그자가 그러더군요. 세상의 모든 화살로부터 반청계를 지켜주겠다고. 총재님이 가지고 계신 패들, 단 하나도 세상에 나오지 못하게 하겠다고.

"고작… 고작 그딴 장사치의 세 치 혀에 놀아나서 날 배신했단 말인가?"

─고작 그딴 장사치가 아닙니다. 대체 언제까지 눈을 감고

귀를 닫고 계실 겁니까? 그토록 냉정하게 세상을 보시던 분이 왜 권혁준 그자만은 그리도 보지 못하시는 겁니까? 아직도 모르시겠습니까? 권혁준 그자는… 그자는 이미 세상의 주인입니다!

"……."

답답함에 터져 나온 성정일의 한마디에 순간 박인임은 아무런 대꾸도 하지 못했다.

지금 박인임의 얼굴은 그야말로 감전이라도 된 듯, 둔기로 머리를 한 대 심하게 얻어맞은 듯 아예 얼이 빠져 있었다.

그도 그럴 것이 세상의 주인, 그 현실성 없는 단어를 부정하지 못하고 있는 스스로를 깨달았기 때문이다.

그랬다.

그저 장사치라고 깔보기만 한 그자는 세상의 주인이었다.

자신조차 부정할 수 없을 만큼 확고하고 명확한, 온 세계가 다 인정하는…….

'그랬던가.'

나만 몰랐던 건가?

'애초에 이길 수 없는 상대였던 것을 나만…….'

툭.

손에서 힘이 빠지며 폰이 발밑으로 떨어졌다. 그리고 다리에도 힘이 풀리며 무너지듯 맥없이 주저앉고 마는 박인임이다.

　[금품수수 및 알선수재 등의 혐의로 특검, 박인임 의원 전격 소환]

　[연일 이어지는 강도 높은 특검 조사로 낱낱이 드러나는 박인임 의원의 민낯]

　[비리 명단에 오른 반청계 의원들, 박인임 의원의 협박과 모략에 말려든 것일 뿐 자신은 피해자라고 주장하며 억울함을 호소]

　[전 국민을 분노케 했던 특검 120일, 최종 32명 기소로 끝을 맺다]

　[시대가 낳은 괴물 박인임, 결국 재판부의 20년 실형 선고로 긴 정치 인생의 막을 내리다]

　"20년이라… 생각보다는 길게 나왔네. 특검이 아주 일을 제대로 한 모양이야."
　"특검에서 기소한 32명 중 14명이나 실형 선고를 받은 것도 특검의 활약 덕이죠."

"성정일 그 사람이 원망깨나 하겠네."

실형 선고를 받은 열네 명 중 아홉 명이 반청계 의원들이다.

"원망보다는 인사를 전해왔어요. 그 정도로 마무리되게 해 줘서 감사하다고."

"하긴, 사리 분별 못하는 사람은 아니니까."

"예, 대표님이 힘써주신 덕분에 어쨌든 반청계는 살아남았 으니까요."

"그렇군. 어쨌든 이제 복잡한 일은 얼추 다 정리가 된 거로 군. 새 국제기구 일도 차근차근 진행되고 있고. 뭔가… 기분 이 묘해. 이제 좀 내 인생의 1막이 마무리되고 있는 느낌이라 고나 할까?"

"인생의 1막이 세상을 다 가지는 것이었다면 2막은 뭘까요?"

"글쎄… 뭘까? 흐흐."

"그래도 1막을 끝내기 전에 마무리하셔야 할 일이 있잖아 요."

"응?"

"이젠 만나주셔야 하지 않겠어요?"

"누굴?"

"윤태웅 장관 말이에요."

혁준이 눈살을 찌푸리며 묻는다.

"오늘도 왔어?"

"예, 오늘도 왔어요. 지금 응접실에서 기다리고 있죠."

"이 나라 장관 자리가 참 한가한가 봐."

새 국제기구에 한국을 제외시킨다고 기자회견을 한 그날부터 지금까지 4개월 동안 하루도 빠지지 않고 이곳에 와서 죽치고 있는 것이다.

"한가해서가 아니라 지금 대한민국에 대표님을 만나는 것보다 중요한 일이 없기 때문인 거죠. 박인임 건도 정리가 됐고 새 국제기구에서 한국이 제외된다는 것이 어떤 의미인지도 확실하게 인식시켜 줬고… 이젠 손을 내밀어줄 때가 되지 않았나요?"

"뭐, 그렇긴 하지만… 오늘은 안 돼."

"왜요?"

"약속 있어."

"무슨 약속이……?"

혁준의 모든 스케줄을 꿰고 있는 차유경이다. 자신이 알지 못하는 약속이라니?

"아, 푸리나가 이태원에 괜찮은 러시아 음식점을 발견했다고 해서……."

푸리나라는 이름이 나오자 순간 차유경의 얼굴이 굳어졌다.

한국에 눌러앉은 채 아직도 러시아로 돌아가지 않고 있는 푸틴의 딸.

한동안 뜸하다 했더니 방학을 맞아 또 같이 붙어 다닐 모양
이다.

하지만 불쾌한 기색도 잠깐, 이내 마음을 추스르는 차유경
이다.

"러시아가 지금 터키와 분쟁 중이니 경호를 강화할게요.
그리고 윤 장관과의 면담은 내일로 잡을게요."

그렇게 사무적인 말투로 말하고는 주저 없이 등을 돌리는데.

"아, 잠깐만!"

그런 그녀를 혁준이 급하게 불러 세웠다.

"이거……"

어딘지 어울리지 않는 모습으로 쭈뼛쭈뼛 그녀에게 내미
는 것은 작지만 상당히 고급스러워 보이는 상자였다.

"이게… 뭐죠?"

상자를 받아 든 차유경의 눈빛이 떨린다.

"그냥… 지나가다 샀는데……."

민망한 듯 머쓱하게 머리를 긁적이는 혁준의 모습에 차유
경의 눈빛은 더 심하게 흔들렸다.

떨리는 마음을 애써 누르며 위태롭게 떨리는 손으로 상자
를 열자 붉은빛 다이아를 머금은 반지 하나가 우아한 자태를
드러낸다.

"청혼은 역시 다이아 반지니까."

"……"

"우리 이제 이럴 때 됐잖아요. 아무리 생각해도 당신이 내 옆에 없다는 건 상상도 안 되고… 그러니까 차유경 씨, 어린 애한테 질투는 그만하시고 우리 그냥 결혼합시……."

혁준의 말은 채 끝을 맺지 못했다. 와락 혁준의 품으로 뛰어든 차유경의 뜨거운 입술이 혁준의 입을 막아버렸으니까.

에필로그

"그러니까 박사님 말씀은 만일 시간 여행이 가능해지더라도 과거의 자신과는 만날 수 없다는 말씀이시죠?"

뭘까, 이 익숙함은?

"그렇습니다. 우리 뉴트리노 연구소가 오랜 시간 연구한 결과 일심성 공존 불가의 법칙, 다시 말해 완벽히 동일한 입자는 같은 시공간에 존재할 수 없다는 것을 밝혀냈습니다."

뭘까, 이 기시감은?

"그럼 시간 여행을 하게 되면 어떻게 되죠? 과거의 자신과 현재의 자신 중 하나는 사라지는 건가요?"

언젠가 이 똑같은 대화들을 들어본 적이 있는 것 같은데?

아, 그래. 기억났다. 바보 삼형제가 만든 양자이동캡슐을 타고 과거로 돌아가기 전 보았던, 시사 채널인지 과학 채널인지 모를 잡스러운 프로에서 하던 그 방송. 응? 잠깐. 설마 그게 다 꿈?

'…일 리가 없지.'

지금 그의 품에 푹 안겨서 새근새근 고운 숨소리를 내며 자고 있는 여인은 과거에는 없던 현실이니까.

힘겹게 들어 올린 눈꺼풀 안으로 어렴풋이 들어오는 풍경들도 과거의 그 허름하던 아파트와는 전혀 다른 것들이다.그렇게 바뀌어 버린 잠자리만큼이나 그사이 세상도 많이 변했다.

그 변화의 중심에는 당연히 새 국제기구가 있었다. 이제 그것은 단순한 국제기구를 넘어 그 자체로 세계의 질서였다.그리고 혁준은 명실상부 세계의 질서를 관장하는 왕이었다.

혁준의 주도하에 세상은 엄청난 변화와 발전을 이루었다.

그런데 그렇게 급변하는 중에도 시간 여행에 관해서만큼은 신기할 정도로 예전과 같은 속도를 내고 있다.

'가만, 그러고 보니 내가 과거로 돌아간 날이……'

문득 떠오른 생각에 혁준은 폰을 확인했다.

"……!"

같은 날이다. 그랬다. 까맣게 잊고 있었다.

바보 삼형제의 양자이동캡슐을 타고 과거로 회귀한 날, 오늘

이 바로 그날이란 것. 생각이 거기까지 미치자 불현듯 불길함이 밀려든다. 그 불길함의 근원은 다름 아닌 바보 삼형제였다.

'그 녀석들, 요즘 뭔가 분위기가 좀 이상했는데……'

설마……

'설마 또 뭔가 사고를 치려는 건 아니겠지?'

아니, 이젠 웬만한 사고란 사고는 다 겪어봐서 이골이 날 대로 난 그였다. 그런데도 이 순간 본능처럼 밀려드는 불길함은 덕지덕지 달라붙는 졸음마저 단번에 씻은 듯이 지워 버린다.

혁준은 급하게 자리를 털고 일어섰다. 그리해 급하게 집을 나서서 그가 향한 곳은 첨단 문명의 요람이자 세계 과학기술의 정점인 기가스 과학단지였다. 그 가장 깊은 곳.

그곳에 바보 삼형제만의 연구소가 있다. 하지만 그렇게 찾아간 바보 삼형제의 연구소에는 어찌 된 일인지 정작 바보 삼형제가 보이지 않았다. 바보 삼형제는 보이지 않고 대신 낯익은 물건 하나만이 연구소의 중앙에 덩그러니 놓여 있었다.

'양자이동캡슐……'

이 연구소 안에만 해도 양자이동캡슐이 삼십 기가 넘게 비치되어 있었다. 심지어 이곳 아래 비밀 지하 연구실에는 헬륨3 채취용으로 길이가 무려 2.2km에 달하는 초대형 양자이동캡슐도 있었다.

그러니 이제 양자이동캡슐은 마치 늘 손에 들고 다니는 스마트폰만큼이나 익숙한 혁준이다. 그런데도 지금 연구실 중앙에 덩그러니 놓여 있는 양자이동캡슐은 혁준을 상당히 동요시키고 있었다. 그도 그럴 것이, 그것은 이곳에 널리고 널린 양자이동캡슐과는 많이 다른 모습을 하고 있었기 때문이다.

최첨단 문명 이기의 세련됨도 없고 고급스러움도 없다. 드럼통을 잘라 만든 초기 모델 그대로의 투박하고 볼품없는 외형이다. 오히려 그 볼품없음이 혁준의 불길함을 부추긴다.

'이것들이 설마 진짜…….'

뇌리를 스쳐 가는 생각을 애써 부정하며 양자이동캡슐로 다가갔다. 그리고 보았다. 그 안에 어지럽게 널려 있는 전자계기판과 그중 유독 눈에 들어오는 숫자 하나를.

"3.12km……."

그 숫자가 과거의 기억을 선명하게 한다.

"그땐 0.26킬로미터였지… 아마?"

그리고 정확히 26년 전으로 회귀했다.

"아니, 잠깐! 그럼 뭐야? 이것들 설마… 설마 삼백 년 전으로 가버린 건 아니겠지?"

『세상을 다 가져라』 완결

초대형 24시 만화방

신간 100%, 샤워실, 흡연실, 수면실(침대석), 커플석, 세탁기 완비

▪ 광명 광명사거리역점 ▪

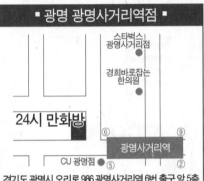

경기도 광명시 오리로 986 광명사거리역 6번 출구 앞 5층
02) 2625-9940 (솔목타워 5층)

▪ 강북 노원역점 ▪

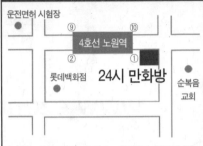

서울 노원구 상계동 340-6 노원역 1번 출구 앞 3층
02) 951-8324 (화용빌딩 3층)

▪ 일산 정발산역점 ▪

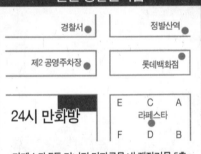

라페스타 E동 건너편 먹자골목 내 객잔건물 5층
031) 914-1957

▪ 일산 화정역점 ▪

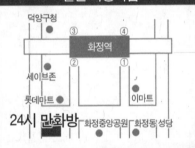

경기도 고양시 덕양구 화정동 984번지 서일빌딩 7층
031) 979-4874 (서일사우나 건물 7층)

▪ 부천 역곡역점 ▪

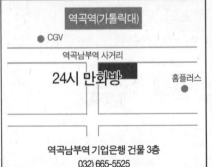

역곡남부역 기업은행 건물 3층
032) 665-5525

▪ 부평역점 ▪

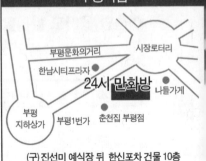

(구) 진선미 예식장 뒤 한신포차 건물 10층
032) 522-2871

한의 韓醫 스페셜리스트

가프 장편소설

FUSION FANTASTIC STORY

돌팔이 소리만 듣던 한의사 윤도.

달라지고 싶은 마음에 찾아간 중국 명의순례에서
버스 추락 사고에 휘말리고 마는데……

구사일생으로 살아 돌아온 지 30일.
전에 없던 스페셜한 능력들이 생겼다?

초짜 한의사에서 화타, 편작 뺨치는 신의로!
세상의 모든 질병과 인술 구현에 도전한다!

Book Publishing CHUNGEORAM

유행이 아닌 자유추구
WWW.chungeoram.com

기적의 환생

MIRACLE LIFE

박선우 장편소설

FUSION FANTASTIC STORY

"한 사람의 영웅은 국가를 발전시키기도,
타락시키기도 한다."

믿었던 가족들의 배신으로 모든 것을 잃은 최강철.
삶의 의미를 잃은 그는 결국 죽음을 선택하는데……

삶의 끝자락에서 만난 악마 루시퍼!
그와의 거래로 기억을 가진 채 고등학생 시절로 되돌아간다.

다시 얻은 삶.
나는 이전의 비참했던 삶을 뒤로하고 황제가 되어
세상을 질주할 것이다!

Book Publishing CHUNGEORAM

유행이 아닌 자유추구 -
WWW.chungeoram.com

배우, 미친 흡입력

이산책 장편소설

FUSION FANTASTIC STORY

세계 최고의 스타 배우,
라이더 베스.

온갖 사건 사고에 휘말린 후 약물 과다 복용으로 사망.
한국의 무명 스턴트맨 김태웅의 몸으로 깨어나다?

조용한 삶을 살고자 하는 그의 귓가에 들리는 소리.

[배우의 꿈(Actor'S Dream) 시스템을 시작합니다]

어차피 스타, 될 놈은 된다!

Book Publishing CHUNGEORAM

유행이 아닌 자유추구 -
WWW.chungeoram.com